DIE KRIMIS

Harry Thürk

Tuan Subutu läßt schießen

VERLAG DAS NEUE BERLIN

ISBN 3-359-00700-x

1. Auflage

Rosa-Luxemburg-Straße 16, 10178 Berlin

Umschlaggestaltung: P. Fischer Sternaux
Titelbild: Erhard Grüttner
Satz: Pencil. Text-Satz-Korrekturbüro
Printed in Germany

Wenn man gerade eines der modernen Funktelefone erstanden hat, das in jede Jackentasche paßt, und wenn man damit auf seine Wohndschunke heimkehrt, am Abend, hat man das Gefühl, jetzt sei der Tag gelaufen. Irrtum – jemand hatte bereits die Nummer meines neuen Anschlusses herausgefunden, und in meinem Jackett jaulte es.

»Lim Tok?«

»Sie haben mich persönlich.«

»Können Sie kommen?« wollte die Stimme wissen. Einfach so. Nicht sehr alter Mann scheinbar. Hongkonger, der Aussprache nach.

»Morgen früh«, sagte ich vorsichtig. »Wohin?« Man kann schließlich nie wissen, ob da nicht ein saftiger Auftrag kommt.

Er beharrte auf einem sofortigen Treff. Sonst könnte etwas geschehen, was nicht mehr rückgängig zu machen sei.

Was, frage ich Sie, ist in Hongkong schon rückgängig zu machen? Hier ist gelaufen, was gelaufen ist. Als

Hongkonger hätte der Mann das eigentlich wissen können. Immerhin, er hatte es eilig. Nahm keine Rücksicht auf den verdienten Feierabend, an dem ein geplagter Privatermittler in Ruhe sein Bier zu trinken wünscht. Weil er sich aus Passion den ganzen Tag über mit Limonade begnügt. Gelber, vorzugsweise.

Ich erkundigte mich, wo er denn zu treffen sei. Und die Antwort hätte mich beinahe umgeworfen. Ein schlechtes Omen, das hätte mir jeder Stäbchenwerfer auf dem mickrigsten Basar unentgeltlich bestätigt. Der Mann am Telefon sagte nämlich: »Leichenschauhaus. Yee Street. Ich warte am Eingang. Von jetzt ab in zwei Stunden.«

Muß man am Abend ausgerechnet noch ins Leichenschauhaus, nur weil man Detektiv ist? Außerdem – der Mann sagte nichts von einem Job. Ganz zu schweigen von Honorar. War ich denn eine öffentliche Einrichtung? Ein Call-Man?

Das Leichenschauhaus, von dem der Anrufer sprach, lag drüben in Kowloon, auf dem Festland, ich hingegen hatte meine Dschunke in Aberdeen verankert. Zehn Kilometer Luftlinie, großzügig gerechnet. Aber haben Sie mal versucht, zehn Kilometer Luftlinie in Hongkong auf Straßen zurückzulegen, am Abend? Ich würde die zwei Stunden brauchen, um zu dieser Tiefkühlanlage für menschliche Leichen in der Yee Street zu kommen. Eigentlich hatte ich dem Anrufer sagen wollen, er solle ein Einsehen haben und einen Mann noch ein paar Dim Sum an der nächsten Straßenküche verdrücken lassen, bevor er sich auf den

Weg in die Kälte macht, aber – er hatte bereits eingehängt. Und ich mußte mir wieder einmal eingestehen, daß meine Neugier größer war als das Bedürfnis nach einem ruhigen Abend auf der sanft schaukelnden Wasserbehausung.

Mit einer Scheibe Musik vielleicht. Cara Montez war in Mode gekommen, die Trösterin über alles Mißgeschick der Welt, von den Philippinen kommend, mit einer Stimme wie ein Geigenstrich. Hol's der Teufel, vielleicht springt ja doch ein Auftrag dabei heraus, ich kann einen gebrauchen...

Ehe ich an der Röhre war, dem Tunnel unter Wasser, der von Victoria nach Kowloon führt, war eine Stunde vergangen und mir brummte der Schädel vom Auspuffqualm all der Autofahrer, die zum Festland wollten, was in den späten Abendstunden eben etwas mehr als eine Million ausmachte, grob geschätzt. Weil angeblich um die Nathan Road herum mehr los war als auf der Insel mit ihren Bankgebäuden. Ich teilte diese Meinung nicht so ganz, zumal ich aus Wanchai stamme, auf der Insel, und dort ist bei der ewigen Seligkeit meiner Ahnen mindestens ebensoviel los wie auf Kowloons sündiger Meile.

Als ich nordwärts kroch, sah ich auf den Fußsteigen ein paar Puppen, denen ich mit Vergnügen beigebracht hätte, was alles im Kamasutra steht, aber einerseits hätten die das vermutlich schon gewußt, und andrerseits war ich neugierig auf die Leichenhalle.

Die Neugier ist eben, wenn man von einigen anderen kleinen Fehlern absieht, mein größter Charaktermangel. Das sagt übrigens auch Pipi, meine Dauerfreundin, die im *Excelsior* an der Rezeption arbeitet, und sie meint das mehr auf Damen bezogen als auf Leichen.

»Hallo«, raunte jemand neben mir, als ich gerade meinen alten Toyota verlassen und zum ersten Mal tief durchgeatmet hatte. Es war dunkel um das Gebäude herum. Kein Wunder, der Hauptbetrieb mit Leichen lief hier natürlich in den sogenannten Geschäftsstunden, was immer man auch gegen diese Bezeichnung einwenden mag, wenn sie im Zusammenhang mit Verblichenen gebraucht wird.

»Hallo«, gab ich zurück. Es gelang mir langsam, das Gesicht zu erkennen. Rund, chinesisch, nicht gerade verschlagen wirkend, eher ängstlich. Der Mann war nicht sehr groß. Trug eine dunkle Arbeitsjacke mit altmodischem Bündchenkragen, wie Mao Tsetung das für die damaligen Einheitsjacken als schön befunden hatte. Gestreifte Hose. Älter als ich. Der Mann, nicht die Hose.

»Ich bin Lim Tok«, gab ich mich zu erkennen.

Er nahm mich am Arm. Warf einen mißtrauischen Blick in die Gegend, aus der ich gekommen war, aber da tat sich nichts, denn wer bog schon um diese Zeit in den Parkplatz der Leichenhalle von Mong Kok ein!

»Ich weiß. Kommen Sie.«

»Woher kennen Sie mich?«

Er sagte: »Von Charlys Empfehlung her. Ich bin

mit ihm entfernt verwandt. Er riet mir auch, Sie anzurufen. Gab mir die Nummer, erst heute abend.«

Hamburger Charly, mein alter Freund, der auf dem Basar, den man Poor Man's Night Club nennt, an seinem Stand aus Büffelhackfleisch echte amerikanische Buletten brät, mit Texas-Flair. Eigentlich würde er niemanden zu mir schicken, bei dem er nicht gewiß war, es sei angebracht.

Der Mann dirigierte mich zu einem Seiteneingang. Im Inneren des Gebäudes war es dunkel.

»Es ist Feierabend«, wurde ich belehrt. Und dann: »Verzeihen Sie, ich habe mich noch nicht vorgestellt, mein Name ist Tim Tsen. Ich bin der Kameraschwenker in diesem Haus...«

Ich lehnte mich an einen Blechschrank. »Sie sind was?«

»Kameraschwenker.« Er dirigierte mich durch eine Polstertür in einen kleinen Saal, in dem es nach Weihrauch duftete, obwohl die Luft ziemlich abgestanden war.

»Sie werden das gleich verstehen«, versicherte mir der Mann in der gestreiften Hose, dem meine Verblüffung wohl nicht entgangen war. »Wann waren Sie das letzte Mal in unserem Leichenschauhaus?«

»Ich war überhaupt noch nie hier«, gab ich zurück. Wahrheitsgemäß, denn ich kannte von meiner Zeit bei der Polizei her noch die Einrichtungen in Victoria, aber das war alles. Und was ein Kameraschwenker in einer Leichenhalle suchte, würde mir wohl nicht so schnell begreiflich zu machen sein. »Nun«, belehrte mich Herr Tsen, der mir einen Sessel heranzog, »möglicherweise ist es für Sie neu, daß wir bei Identifizierungen schon seit einiger Zeit den Besucher nicht mehr sozusagen mit dem Toten in puris naturalibus konfrontieren, sondern mit dem von uns gefilmten Bild auf einer Leinwand. Zuweilen verwenden wir auch einen Bildschirm...« Zur Demonstration betätigte er einen Hebel an einer Art Mischpult, und an der Stirnwand des Raumes erschien, nachdem sich ein Vorhang geteilt hatte, eine Filmleinwand.

»Normalerweise sieht jemand, der einen Toten identifiziert, genau dieses da. Auf persönlichen Wunsch selbstverständlich kann er den Toten auch direkt sehen. Ich führe Ihnen einige Aufnahmen von Leuten vor. Den Toten und zwei Beschauer. Es könnte wichtig für Sie sein, Einzelheiten genau zu erkennen...«

Er betätigte erneut einen Hebel. Darauf verlosch das Licht, und auf der Projektionswand erschien nach einigem Flackern das Gesicht eines Toten.

Der Mann war meiner Schätzung nach um die Dreißig, trug einen Strichschnurrbart, hatte die Augen geschlossen, und er wurde auch nicht aussagekräftiger, als die Kamera ihn aus wechselnden Blickwinkeln erfaßte, gewissermaßen um ihn herumschwenkte und alle Einzelheiten seines Gesichts abtastete: Ein Südasier, tot, ohne Verletzungen im Gesicht. Kameraschwenker Tsen ließ das letzte Bild des Streifens stehen. Er saß jetzt neben mir und sprach gedämpft, als habe er Angst, daß jemand außer mir mithören könnte: »Kam vor vier Tagen an. Polizeifund an der Ferry Street. Lag dort am Morgen. Keine Anhaltspunkte für die Identität. Herzschuß aus Pistole. Für Ende der Woche hat die Polizei ihn zum Begräbnis freigegeben. Falls nichts mehr hereinkommt, das ihn identifiziert. Keine Vermißtenmeldung paßt auf ihn. Nichts. Keine Spur. Toter in der Morgenstunde...«

Für Hongkong war das alles nichts Weltbewegendes. Hier gab es jeden Tag mehrere Tote, wenngleich sie nicht alle an der Straße lagen. Und die Polizei hatte die üblichen Probleme um die Ohren: Haufen von Anzeigen, denen sie nachgehen mußte, Verkehrsdelikte, Mord, Totschlag, Einbruch und Schutzgelderpressung, lächerliche Grenzverletzungen, weniger lächerlichen Heroinschmuggel, Flüchtlingskriminalität – da wurden unbekannte Tote, die niemand reklamierte, zwar einige Zeit zur Identifikation ausgeschrieben, ihre Gesichter sogar in Sammelblättchen abgebildet, aber letztlich wurden sie doch relativ schnell zur Bestattung freigegeben, nicht selten, weil die Leichenschauhäuser einfach nicht genug Schubfächer hatten.

»Mord«, sagte ich. »Das kommt immer wieder vor. Was soll ich für Sie tun, Mister Tsen?«

Er bat mich um ein wenig Geduld: »Gleich erfahren Sie alles, Mister Lim Tok. Ich will Ihnen nur etwas zeigen, das ich auch mit der Kamera festgehalten habe. Der eigentliche Grund, weshalb ich mich an Sie wende...«

Ein neues Gesicht erschien nach einem Knopfdruck Tsens auf der Leinwand. Diesmal ein lebender Mann.

Älter als der Tote. Einer vom Beamtentyp. Manager vielleicht auch. Jedenfalls kein Reisbauer aus den New Territories. Schlips. Gutsitzender Anzug. Der Mann war ebenfalls ein Südasier. Ich hielt ihn für einen Indonesier. Er blickte auf etwas, das man nicht sah und verzog keine Miene dabei. Ein gleichgültiger, leerer Blick. Nicht einmal Unbehagen über den toten jungen Mann – denn das war es, worauf er blickte – ließ sich da finden. »Mister Elis Subutu aus Djakarta«, sagte der Kameraschwenker, als die Leinwand dunkel wurde. »Sah das Foto des Toten angeblich in einem Suchblatt der Polizei und vermutete einen Bekannten. Erklärte dann, er habe sich geirrt.«

»Er kam extra wegen des Toten aus Djakarta hierher?«

»Nein. Gab an, er habe dienstlich an der Botschaft zu tun. Ist Ihnen etwas an ihm aufgefallen?«

»Nein«, erwiderte ich, obwohl das nicht stimmte. Wie ein Mann, der eine gewisse Erleichterung verspürt, weil er sich geirrt hat, sah er in dem Film nicht aus.

Tsen seufzte verärgert: »Man muß das doch sehen! Der Mann hat nicht einen Funken Gefühl. Ich habe Hunderte von Gesichtern beobachtet, meist von Leuten, die einen Toten nicht erkannten. Zumindest hat der Tod einen Schatten auf ihre Züge gelegt – bei diesem Mann fehlt selbst das. Er blickt wie ein Schlächter auf das getötete Huhn. Wie wenn er sich fragt, ob das Gericht ausreichen wird für ein Mahl.«

Eine zutreffende Beobachtung. Ich ignorierte sie

der Einfachheit halber und bemerkte: »Vielleicht ist er ja Schlächter!«

»Er ist Diplomat. Habe seinen Paß gesehen.«

Über Diplomaten pflege ich mich nicht zu äußern. Sie müssen einen anpassungsfähigen Charakter und ein elastisches Verhältnis zur Wahrheit haben, beides Eigenschaften, die ich nicht schätze. Deshalb gehe ich ihnen lieber aus dem Wege. Mir sind Polizisten lieber. Bei denen weiß man, woran man ist. Als ich mich erneut erkundigen wollte, was denn eigentlich der Grund gewesen war, mich hierher zu holen, schaltete Tsen wieder den Film an.

Diesmal war eine Frau zu sehen. Mindestens ein Jahrzehnt älter als der Tote, und nach meinem Urteil Eurasierin. Eine dieser Holländerinnen mit indonesischer Mutter hätte sie sein können. Sie starrte auf den Toten, ihre Lippen wurden schmaler, und dann weinte sie. Wischte verschämt mit dem Handrücken die Tränen weg.

»Sie hat ihn erkannt?«

Tsen ließ den Film durchlaufen, dann, als das Licht wieder brannte, sagte er: »Mister Lim Tok, Sie sind ein guter Beobachter. Ich habe auch gedacht, sie wird uns sagen, wer er ist. Aber sie bemerkte lediglich, bevor sie ging, selbst bei einem unbekannten Toten kämen ihr Tränen, wenn er so jung und gutaussehend ist wie dieser Mann. Nein, identifizieren konnte sie ihn nicht.«

»Vielleicht hat sie die Wahrheit gesagt.«

Er schüttelte den Kopf. »Vertrauen Sie meiner

Menschenkenntnis. Im Angesicht des Todes entblättert sich der Charakter. Diese Leute haben beide gelogen. Aus unterschiedlichen Gründen vielleicht, aber jedenfalls logen sie.«

»Und nun? Wie komme ich in dieses Spiel?«

»Ich habe mit Charly Soong über die Sache gesprochen, habe von ihm die Anregung bekommen, Sie aufmerksam zu machen, daß hier etwas sehr faul ist. Deswegen rief ich Sie an.«

Er sagte nichts davon, daß er eventuell wenigstens das Benzingeld von Aberdeen nach Mong Kok und zurück tragen wolle. Ganz zu schweigen von meinem Feierabend. Charly der Hamburgermacher mußte einen Riß im Band gehabt haben, als er mich in die Sache zog. Ich verdiene meinen Reis mit Aufträgen, die honoriert werden. Als ich Tsen darauf aufmerksam machte, verschloß er sich plötzlich. Wurde sehr höflich, so daß es beinahe schon Verachtung war, die er mit aller Höflichkeit abstrahlte. Er schrieb eine Adresse auf einen Zettel, drückte ihn mir in die Hand und sagte: »Da finden Sie die Frau. Wenn Sie an einer Sache interessiert sind, die Aufklärung nötig hat. Wenn nicht, werfen Sie die Adresse weg. Was schulde ich Ihnen?«

Er zog aus der Hüfttasche seine Geldbörse. Ich konnte noch schnell abwinken und begütigend sagen: »So war das nicht gemeint. Selbstverständlich interessieren mich mysteriöse Zusammenhänge manchmal auch, wenn mich niemand bezahlt. Stecken Sie das Geld weg, ich lasse mir von Charly einen Hamburger schenken, damit ist die Sache erledigt.«

Ich sollte diese Leichtfertigkeit später noch bedauern, aber da war es schon nicht mehr zu ändern...

Auf dem Zettel, den er mir gegeben hatte, stand *Eleanor Porteiras, Hotel King's.*

Und weil das King's auch in Kowloon liegt, nur einen knappen Kilometer südlich, die Nathan Road abwärts, hielt ich auf der Rückfahrt dort an. Es müßte sich lohnen, diese Madame Porteiras wenigstens einmal aus der Nähe zu betrachten, dachte ich.

Das King's ist nicht eines der exklusiven Hongkonger Hotels. Gute Mittelklasse. Sauber, gut geführt, mit zuvorkommenden Angestellten, wie ich sogleich merkte, als ich die Halle betrat. Das Hotel hatte auch nicht die Sitte, stundenweise Zimmer zu verhökern, selbst wenn es nur halb ausgebucht war. Es achtete auf sein Renommee. Deshalb wohnten Leute hier, die eine solide Unterkunft zu vernünftigen Preisen schätzten, die auf den modischen Firlefanz der Riesenkästen mit ihren Wasserfällen in der Halle gern verzichteten, die – wenn es sich um Frauen handelte – vor allem auch nicht mit den Frühlingsverkäuferinnen verwechselt werden wollten, an denen um diese Zeit auf der Nathan Road Überfluß herrschte, auch in den Seitengassen. Das Heer der Streiterinnen für die Befriedigung von Bedürfnissen jeglicher Art benötigt gelegentlich eine Matte für diskrete Zwecke, nur, das King's bot sie ihnen nicht. Nein, hier fühlte man sich wie in einem guten alten Hongkonger Hotel, bevor der Touristenboom Asien erreichte.

»Madame Porteiras?« erkundigte ich mich dezent

bei einem glattrasierten Herrn an der Rezeption, der sofort einen Blick in sein Anmeldebuch warf und nickte.

»Es freut mich, Ihnen helfen zu können, mein Herr, die Dame wohnt bei uns.«

Daß er mir nicht sagte, in welchem Zimmer, ließ den Schluß zu, daß in diesem Hotel keine unangemeldeten Besucher auf den Zimmern gewünscht wurden. Dies war eben weder eine Pension, in der man dem Pförtner einen Schein in die Hand drückte und dann überallhin laufen konnte, noch war es einer jener modernen Termitenbaue aus Glas und Stahl, in denen sich die Angestellten einen Dreck darum scherten, wer in den Fahrstuhl stieg.

»Ich hätte eine Bitte«, sagte ich deshalb zu dem Glattrasierten so höflich, wie es mir gelang. »Wenn Sie mir eine Telefonverbindung herstellen könnten, würde ich der Dame gern eine Mitteilung machen...«

Ich versuchte erst gar nicht, mit Geld zu winken – dies war nicht der Mann dafür. Und ich täuschte mich nicht. Der Angesprochene lächelte freundlich, deutete auf eine Telefonzelle am Rande der Halle und gab mir auf den Weg: »Wollen Sie bitte den weißen Knopf drücken, wenn es läutet!«

Ich drückte ihn. Eine leise Frauenstimme war da am anderen Ende der Leitung. Madame Porteiras. Ich stellte mich vor.

»Ich hätte lediglich eine Frage zu einer Identifizierung, bei der Sie kürzlich...«

»Wer sind Sie? Polizei?«

Als ich das verneinte und mein Sprüchlein hersagte, von der Vertretung der Interessen eines privaten Klienten, erlebte ich eine unerwartete Abfuhr.

Die Dame sagte: »Sie verzeihen, aber ich habe keine Angaben irgendwelcher Art zu machen.« Damit legte sie auf. Einen Augenblick überlegte ich, aber dann entschied ich mich doch, lieber nicht weiter vom Hotel aus zu telefonieren, wo es eine Zentrale gab, in der zumindest die Möglichkeit bestand, mitzuhören, wer immer das tat, die britische Abwehr, die chinesische Aufklärung oder eines der Mäuschen, die ihre aufgeschnappten Informationen meistbietend veräußern, egal an wen. Ich nickte dem Glattrasierten freundlich zu und sagte: »Sie will es doch noch heute abend geliefert haben. Ich schicke einen Boten...«

Ob er darauf hereinfiel, würde sich erweisen. Jedenfalls ließ sein Gesichtsausdruck nicht erkennen, daß er mir mehr als anderen Leuten mißtraute. Er sagte sogar: »Sehr wohl, Sir.«

Draußen tippte ich auf mein Funktelefon die Nummer Bobby Hsiangs, meines Uralt-Freundes noch aus Zeiten meiner Polizeitätigkeit. Im Gegensatz zu mir war er bei der Behörde geblieben, und jetzt hatte er, was für den Chef der Mordkommission selten war, Feierabend.

»Bring mir bloß keine Leiche angeschleppt!« rief er vorbeugend, und als ich ihn beruhigte, es sei kein neuer Mord zu vermelden, hörte er mir sogar geduldig zu. Den unbekannten Toten im Leichenschauhaus kannte er zwar nicht, hatte ihn aber gesehen. Routine.

Jetzt meinte er: »Nutzlos, alter Junge, es gibt keinerlei Anhaltspunkte in der Sache. Darf ich dich erinnern, daß wir ein gutes Dutzend Tote pro Woche haben, die wir friedlich schlafen lassen, weil wir keine Leute einsetzen können, um aufzuklären, wer sie wohl gewesen sind!«

»Und die Frau, die weinte, als sie ihn ansah?«

Er brummte unwillig: »Wir haben sie befragt. Nichts. Sie meldete sich auf einen Verdacht hin. Er bestätigte sich nicht, wie sie sagte. Übrigens, die Dame ist keine Zitrone, die man ausquetschen kann. Da rennst du gegen Stein.«

»Aber – sie hat den Toten vermutlich nicht zum ersten Mal gesehen!«

Bobby fiel mir ins Wort: »Gib auf, alter Junge. Geh schlafen, auf deiner Dschunke. Timmy Tsen hat mir seine beiden Hobby-Filme auch gezeigt. Du sagst mir nichts Neues. Nur der Mann, der zweite, den Timmy auf dem Film hat, der ist tabu. Diplomatenpaß. Kam auch auf Verdacht. Nix. Ach, und dann wollte ich dich noch aufmerksam machen, die Frau ist gut ihre drei bis vier Millionen schwer. Dollar. Amerikanische. Nur damit wir uns recht verstehen. Willst du die unter Druck setzen, weil sie geflennt hat? Da mußt du aber einen bleischweren Auftraggeber haben!«

»Ich werde sie nicht unter Druck setzen«, teilte ich Bobby mit, »ich werde ihr Blumen schicken.«

Er machte sich lustig: »Ich wußte gar nicht, daß du neuerdings auf reiche Witwen stehst!«

»Witwe ist sie auch?«

»Denk mal, wie praktisch!«

Bobby witzelte zwar, aber aus seinem Tonfall hörte ich heraus, daß ihn mein Anruf störte. Vermutlich war ein Mädchen bei ihm. Immerhin verriet er mir noch: »Stammt aus Timor. Portugiesische Vorfahren und indonesische. Ungefähr soviel Landbesitz, daß ganz Aberdeen samt deiner Dschunke darauf Platz hat. Der Mann wurde damals getötet, als die Indonesier den portugiesischen Teil von Timor besetzten und dem Vaterland einverleibten. Soll ein Unfall gewesen sein. Sieht ganz brauchbar aus, die Dame. Also – bis später...«

»Danke, Bobby«, sagte ich, um mir nicht länger seine spitzen Bemerkungen anhören zu müssen, und dann drückte ich den Knopf, der das Gerät ausschaltete.

Ich erinnerte mich, die Indonesier hatten den Teil der Insel Timor, der portugiesische Kolonie war, einfach besetzt, eines Tages, nachdem sie lange genug erklärt hatten, er stünde ihnen zu. Die Portugiesen, mit einer Menge anderer Probleme gut versorgt, hatten keine militärischen Anstrengungen dagegen unternommen. Wohl aber hatte ein beträchtlicher Teil der Eingeborenen wenig Gefallen daran gefunden, nun zu dem ziemlich stark islamisch geprägten Indonesien zu gehören. Man hatte von Unruhen erfahren, Schießereien, Strafexpeditionen, Internierungslagern, bis die Indonesier dann, ohne das offiziell bekanntzugeben, eine Nachrichtensperre praktiziert hatten. Seitdem war Timor von den Titelseiten verschwunden, und die

Leute hatten nach und nach das Interesse daran verloren. Nur unterschwellig war bei politisch Interessierten der Gedanke wach, daß da drüben, auf Australien zu, auf der größten von den sogenannten kleinen Sundas, wo das Meer so schön warm war, und die Palmenstrände so idyllisch, die Welt nicht voller Blüten hing.

Als nächstes trabte ich das kurze Stück die Nathan Road entlang bis an die Ecke, wo das *Golden Globe* lag.

Kenner behaupteten, dort sei seit der Eröffnung keine Frau drin gewesen, weil die Männer, die es bevölkerten, ihre eigenen Frauen waren. Aber das war wohl bloß der übliche Stuß, den sich die Kerle ausdachten, die keine Schwulen leiden konnten. Das Golden Globe war nämlich eine Schwulenbar. Exklusiv, hygienisch einwandfrei, nicht so eine Hinterzimmerabsteige, wie man sie in Kowloon oft genug findet. Nein, das Golden Globe hatte Stil. Obwohl Schandmäuler unter den Machos erst kürzlich wieder die Verleumdung in die Welt gesetzt hatten, mit *Globe* sei gar nicht etwa die Erdkugel gemeint, sondern eine ganz andere, weichere Rundung.

Wenn Sie, wie ich, als Kind in einer Kneipe in Wanchai zwischen den Tischen gespielt haben, würden Sie sofort begreifen, daß mir ein Schwuler ebenso sympathisch ist wie ein Nicht-Schwuler. Hauptsache, er ist ein Mann, auf dessen Wort man sich verlassen kann. Im Restaurant meiner Mutter verkehrten alle Sorten Leute, und ich teile ihre Weltanschauung, daß man mit jedem auskommen kann, vorausgesetzt er greift einem nicht gerade in die Tasche. Das tat nun Ari nicht mal im Traum.

Ari ist Türsteher im Golden Globe, ein freundlicher Mischling in der Größe eines Brückenpfeilers, der junge Männer mag. Möglichst sehr zarte. Seine Sache. Ich kannte ihn schon als zuverlässig, als ich noch bei der Polizei in der Kronkolonie Ihrer Majestät diente. Wenn Ari, aus einem mir unerklärlichen Grunde von seinen Eltern Aristide getauft und mit dem Schatz des christlichen Glaubens auf den Lebensweg gebracht, uns Ordnungshütern eine Auskunft gab, dann stimmte die.

Krawall habe ich damals im Golden Globe nie erlebt, da war Ari vor. Und wenn Bobby Hsiang und ich uns mal zwischen zwei unerfreulichen Aktionen ein Bier oder eine Limonade an der Theke des Golden Globe gönnten, dann genügte ein Blick Aris, und alle über die Polizisten vergnatzten Herren ringsum machten plötzlich ein Gesicht wie die Gipsengel in der St. Johns Kathedrale. Eine Perle von einem Kerl!

»Hallo, Mister Lim Tok!« begrüßte er mich hocherfreut.

Er trug eine blaue Phantasieuniform, die an die Kluft eines Admirals erinnerte. Genau so brauchte ich ihn, denn so sahen in Kowloon auch die Austräger der Blumendienste aus, die duftende Sträuße von der teureren Art an den Haustüren ablieferten.

»Du sollst einen an einer Zimmertür abgeben«, informierte ich ihn, nachdem wir die Ereignisse der letzten Wochen besprochen und uns darüber geeinigt hatten, daß der Gouverneur auf dem besten Wege war, mit seinem Gezeter über Demokratie die Mutterlandschinesen, besser gesagt ihre Anführer gegen uns aufzubringen. Keine gute Vorarbeit für die große Einverleibung in ein paar Jahren!

Ich hatte einen Plan, der Madame Porteiras betraf, und Ari war selbstverständlich bereit, mir zu helfen. Er sah sich nach der Blumenfrau um, die an der Garderobe lehnte und winkte sie herbei.

»Wir brauchen einen Orchideenzweig, schön verpackt in einem Karton.«

»Bist du verrückt?« entfuhr es mir. Ich versuchte, ihn zu bremsen. »Ich bin nicht der Sultan von Brunei!«

Aber er blieb prinzipienfest. »Auch eine Grußkarte, bitte«, trug er der Blumenfrau auf. Und mich zischte er an: »Mister Lim Tok, Sie wollen sich doch nicht etwa auf das Niveau eines Rosenverschenkers begeben, oder?«

Am liebsten hätte ich ihn gefragt, was er gegen Rosen habe, die seien wesentlich billiger, aber da wäre Ari, wie ich ihn kannte, irreparabel enttäuscht von mir gewesen. Also fügte ich mich und erklärte ihm genau, was er machen sollte. Auf die Grußkarte schrieb ich so deutlich wie es mir gelang: »Madame, ich bitte um Entschuldigung für meinen stillosen Anruf. Falls Sie mir verzeihen, treffen Sie mich ab sofort in der Bar des Hauses. Ich wäre überglücklich, mit Ihnen sprechen zu dürfen. Achtungsvoll, Lim Tok«

»Sie sind ein Schleimer«, urteilte Ari, als ich es ihn begutachten ließ. Aber er steckte es in das kleine Kuvert, befestigte es an dem Karton mit der Orchidee, die Blumenfrau nahm mir dreißig Dollar ab, und dann erschien aus dem Lokal einer der Barmänner, der Ari vertrat.

Wir zogen los.

»Ich werde dir das nie vergessen, Ari«, beteuerte ich.

Er brachte mich mit einer eleganten Handbewegung zum Schweigen.

»Männer wie wir sollten nicht so viele Worte um eine kleine Gefälligkeit machen. Schließlich kenne ich Ihre Schwäche für diese spitzbrüstige Gebrauchtware...«

»Mein Gott, Ari, sie ist eine wohlhabende ältere Witwe«, versuchte ich mich zu rechtfertigen. Aber noch bevor ich herausbrachte, daß es sich um eine rein berufliche Angelegenheit handelte, sagte Ari herablassend: »Sie enttäuschen mich, alter Freund. Aber ich helfe trotzdem gern...«

An der Rezeption des King's erkundigte er sich, gekonnt den Blumenboten mimend, würdevoll nach der Zimmernummer und verschwand mit dem Orchideenkarton im Aufzug.

Ich schlich in die Bar, zu der ein paar Stufen abwärts führten. Wenig später erschien Ari und flüsterte mir zu: »Zimmer 328. Die Frau ist für ein Abenteuer zu schade. Sehr gebildet.«

»Woraus entnimmst du das?«

»Sie steckte mir kein Trinkgeld zu!«

Dann ging er, ein selbstbewußter Mann mit achtenswerten Prinzipien, der einem gern einen Gefallen erwies, jederzeit, der aber stets den Eindruck vermied, er habe etwas abzuleisten.

Auf gut Glück wartete ich. Bestellte mir ein Ginger Ale, weil es mir peinlich war, in diesem Etablissement nach gelber Limonade zu fragen, die ich viel lieber trank.

Ob die Lady meine Nachricht überhaupt las? Feine Damen hatten zuweilen so eine Art, mit Blumen achtlos umzugehen. Defizit an Gemüt.

Nach einer Weile kam ich mir vor wie ein Groupie, der auf seinen Star lauert. Ob ich mir einen modischen Gummikringel ans Ohr hängen sollte? Oder ein Auge mit einer Klappe verdecken? Seeräuber waren in unseren Breiten sowieso wieder in...

»Mister Lim Tok?«

Die weiche Stimme, in der allerdings nicht die geringste weibliche Unsicherheit mitschwang, kam wie ein Hieb auf den ungeschützten Kopf.

Ich erkannte sie sofort, als ich mich umdrehte. Die Frau aus Tim Tsens Film. Das enganliegende Seidenkleid, das bei den heutigen Preisen ein Vermögen gekostet haben mußte, betonte ihre Schlankheit. Lidschatten benutzte sie nicht, auch nur wenig Lippenstift. Und sie duftete nach etwas, das ich eher im Tropischen Blumenpark suchen würde als im Regal bei Dior im Ocean Terminal. Vermutlich dreihundert Dollar die halbe Unze. Eins begriff ich sofort: Wen diese Frau so anblickte wie mich jetzt, dem fiel es schwer, den Blick zu erwidern und gleichzeitig eine

Lüge zu produzieren. Tat er es trotzdem, würde die Frau es spüren.

»Ich bin Lim Tok, Madame«, beeilte ich mich, Auskunft zu geben. Ich sprang von meinem Hocker.

»Bitte nennen Sie mich nicht Madame«, bat sie sich aus. »Die Bezeichnung behagt mir nicht. Ich bin Mrs. Porteiras. Der Blumenboy verriet mir, Sie seien kein übelwollender Mann. Warum wollen Sie mich sprechen?«

»Ich hatte Sie angerufen«, begann ich. Deutete auf eine Nische mit einem leeren Tisch. »Vielleicht könnten wir...«

Sie ging neben mir her. Ein Kellner trug mein Ginger Ale zu dem Tisch. Die Frau bestellte: »Einen weißen Bordeaux für mich, bitte.«

Ich entschied mich, ihr offen darzulegen, worum es ging. Schließlich war das kein regulärer Auftrag. Ein Gefallen, den ich diesem Kameraschwenker aus dem Leichenschauhaus tat, nur weil der sich auf meinen alten Freund Charly Soong berief, mit dem er verwandt war. Und, übrigens, einen wohlgesonnenen Informanten in der Kalten Küche konnte man immer mal brauchen. Aber – warum aus einer Gefälligkeit ein Geheimnis machen? Ich hob artig mein Glas, als sie ihren Wein bekam und mir beinahe fröhlich zuprostete. Wie es schien, hatte ich keinen drohenden Eindruck auf sie gemacht. Das ist bei mir häufiger der Fall, wenn es sich um Damen handelt, selbst noch, wenn sie bereits im dankbarsten Alter sind – wie Mrs. Porteiras. Höflichkeit ist bei mir in solchen Fällen nicht Nationaleigenschaft, sondern persönliches Hobby.

Sie hörte auf zu lächeln, nachdem sie gehört hatte, weshalb ich mit ihr sprechen wollte. Auf meine Lizenzkarte warf sie einen kurzen Blick, dann bemerkte sie: »Ich wußte nicht, daß im Schauhaus Aufnahmen gemacht werden. Ist das überhaupt gestattet?«

»Es ist nicht ausdrücklich verboten, Mrs. Porteiras, und was in Hongkong nicht verboten ist, das tun die Leute. Manche tun auch Verbotenes. Die Risikobereitschaft ist unterschiedlich. Kannten Sie den Toten?«

»Will das der Herr aus dem Schauhaus wissen, von dem Sie sprachen?«

»Ja.«

»Es geht ihn nichts an. Deshalb werden Sie verstehen, wenn ich darüber weiter nichts sage. Ach, ich vergaß, für Ihre Orchidee zu danken. Ein recht ansehnliches Exemplar. Ich ziehe ähnliche Blüten, zu Hause.« Sie schwieg. Trank. Sagte dann beiläufig, was ich schon wußte, nämlich daß sie auf Timor zu Hause sei. Und machte mich auf einen jungen Mann aufmerksam, der soeben an der Bar auf einen Hocker glitt: »Den Herrn sehe ich zum dritten Mal. Vor dem Leichenschauhaus, in der Hotelhalle, und jetzt hier.«

Ganz gelassen klang das. Ich war verblüfft von dieser Frau. Aber gleichzeitig fiel mir ein, daß es sich bei einer Leiche und einer Frau, die über den Toten weint und öfters denselben Kerl in ihrer Nähe ausmacht, um einen Zusammenhang handelt, der von professioneller Bedeutung sein kann. Vor allem, weil der junge Mann seinem Aussehen nach aus der gleichen Gegend stammte wie der Diplomat, der die Leiche ohne die geringste Regung betrachtet hatte. Und jetzt schielte der junge Mann mit dem indonesischen Gesicht auch noch zu uns herüber, bevor er dem Bartender etwas auftrug. »Scheint von den Inseln zu kommen«, testete ich die Frau. Sie nickte.

»Aus Djakarta, wenn ich mich nicht irre.«

Ich testete weiter, indem ich wie nebenhin fallenließ: »Wie der feine Herr, der auch im Leichenschauhaus war, vor Ihnen...«

Sie sah mich forschend an. Die Frau war sich noch nicht ganz klar darüber, was sie von mir halten sollte, und sie war vorsichtig. Aber sie schien sich von mir nicht bedroht zu fühlen, denn sie sagte mit einem leichten Seufzer: »Tuan Subutu, ja. Ich bin nicht überrascht zu hören, daß er sich den Toten angesehen hat. Wissen Sie, was ein Mata-mata ist, Mister Lim Tok?«

»Leider nein.«

»Ein Schnüffler. Da wo ich lebe, gibt es eine Menge Schnüffler aus Djakarta. Neuerdings scheint es sie auch hier zu geben. Ich hatte gedacht, dies sei ein freies Land.«

»Eine Kronkolonie«, korrigierte ich sie leise. »Aber im Grunde kann hier jeder machen, was ihm beliebt.«

»Nun ja, ich wußte nicht, daß ausländische Schnüffler hier Leuten nachstellen dürfen.«

»Hier darf jeder alles.«

»Auch töten?« fragte sie plötzlich zurück. Es klang schneidend, kalt. »Oder töten lassen?«

»Das allerdings untersagen die Gesetze Ihrer Majestät.« Ich gab mir Mühe, nicht allzu neugierig zu erscheinen, aber sie hatte mein Mißtrauen geweckt. Wie ich mich kannte, würde ich nicht mehr Ruhe geben, bis ich wußte, was hier gespielt wurde.

In diesem Augenblick begann das Bartrio Musik zu machen. Ein Yamaha-Clavicord, eine Gitarre und ein Saxophon. Man glaubt nicht, wie störend so etwas sein kann. Wenn ich etwas zu sagen hätte, wüßte ich, ob in Bars Musik gemacht werden darf oder nicht, jedenfalls an einem so gepflegten Platz wie dem King's. Nur – die Welt hört nicht auf mich. Das Schicksal aller wahren Propheten. Als ich das Mrs. Porteiras in verständlicher Lautstärke mitteilte, gab sie mir ein lockeres Lachen zurück. Dann winkte sie dem Kellner, und ich griff mir schnell einen Schein, um unsere Getränke zu bezahlen. Nicht zu mir, sondern zu dem freundlichen Kellner sagte Mrs. Porteiras: »Wir werden unser Gespräch lieber in der Hotelhalle fortsetzen, dort ist es nicht so laut...«

Er machte ein betroffenes Gesicht.

Der junge Indonesier war nicht mehr da, als wir zum Ausgang wanderten. Draußen in der Halle fiel Mrs. Porteiras ein, sie würde sich lieber morgen gegen Mittag mit mir treffen, wenn mich wirklich interessierte, was es mit dem Toten auf sich hatte. Sie warte noch eine Begegnung am Vormittag ab, bis sie näher darüber sprechen wolle.

Ich gab ihr meine Karte. Eine von denen, auf die ich schon die Nummer des Funktelefons geschrieben hatte. Und ich dankte ihr für die Freundlichkeit, mit mir zu sprechen. Sie lächelte und gab zurück, sie denke immer noch darüber nach, weshalb ich wohl an dieser Sache so interessiert sei, obwohl es niemanden gab, der mich dafür bezahlte. Meine Bemerkung, daß es in Hongkong eine Menge Idealisten gab, machte nur wenig Eindruck auf sie. Deshalb versuchte ich es mit der Wahrheit und brachte ihr bei, daß Leute wie ich auf Freunde angewiesen sind und deshalb dazu neigen, sich hin und wieder ohne viel zu überlegen für einen Freund zu engagieren.

Ich muß noch völlig in Gedanken gewesen sein, als ich in meinen Toyota kletterte und mir den Gurt über den Bauch zog. Als ich das kalte Stück Eisen im Genick spürte, war es zu spät. Der Kerl mußte mit einem Universalschlüssel eingestiegen sein und sich auf dem Rücksitz flach gelegt haben. Und er war kein Amateur. Er sagte gedämpft: »Das ist dein eigener Revolver, aus dem Handschuhfach. Was will die Frau von dir?«

»Welche Frau?«

Er schlug gebremst zu, so daß ich zwar den Schmerz spürte, mein Geist sich aber nicht gleich verflüchtigte. Er verstand sein Handwerk. Nun regt mich nichts so auf, wie wenn einer auf diese Tour mit mir umgeht. Ich bin nicht gern in der Rolle eines Punchingballes. Und wenn mich da einer hineindrängt, erlebt er mich King Size. Ich kenne nämlich auch ein paar schmutzige Tricks.

Deshalb schnaufte ich erst einmal, um ihm Schmerz zu signalisieren. Sofort kam die Frage: »Also, wo ist das Zeug? Hast du es? Sollst du es wegbringen?«

Ein leichter Akzent war da. Ich begann zu ahnen, daß der Mann hinter mir etwas suchte, das er bei mir vermutete. Wie auch immer, zuerst einmal mußte ich mit ihm fertigwerden. Für Fälle wie diesen trainiert man als vorsorglicher Ermittler, sonst ist es unter Umständen mit dem Beruf schnell zu Ende. Es kam jetzt nur darauf an, daß der Kerl die Trommel meiner 41er Magnum, als er sie aus dem Handschuhfach nahm, nicht zur Kontrolle abgeklappt hatte. Sonst wäre ihm nämlich aufgegangen, daß sie leer war.

Ich bewahre, wenn ich den Revolver im Handschuhfach lasse, die Patronen stets separat auf, und zwar in der Tasche an der Tür neben dem Fahrersitz. Um mich zu vergewissern, drückte ich nun das rechte Knie unauffällig gegen diese Tasche in der Türverkleidung, und ich fand Widerstand: Da war der ausgediente Tabakbeutel mit den sechs Patronen!

»Wissen Sie«, sagte ich so beiläufig wie möglich, »wir müßten uns da mal unterhalten, weil die Sache nicht so einfach ist, wie jemand von außen vielleicht...«

Mittlerweile hatte ich den Oberkörper so weit gedreht, daß ich mit der rechten Hand bis zu seinem Kopf reichen würde. Der Trick klappte meist in solchen Fällen, weil derjenige mit der Waffe natürlich nicht sofort schoß, er fühlte sich im Besitz des Knallers eben sicher, und in diesem Falle ahnte er nicht einmal, daß die Trommel leer war.

»Mir ist das peinlich«, begann ich erneut, und in derselben Sekunde stieß ich ihm zwei zu einem V gespreizte Finger der rechten Hand ins Gesicht.

Zeige- und Mittelfinger, straff ausgestreckt, so daß sie mit der Kuppe auftreffen, können dazu führen, daß jemand beide Augen verliert. Man lehrt so was in den Trainingshallen, in denen traditionelle chinesische Selbstverteidigung zusammen mit Karate, Taekwo und einer Anzahl von gängigen Kniffen japanischer Ninjas auf dem Programm steht. Eine tödliche Mischung. Ich hatte mir nur das gemerkt, was ich brauchen konnte, wenn mir jemand zu nahe auf die untätowierte Haut rückte, und genau das tat der junge Mann.

Als ich jetzt zustieß, machte er den Fehler, sich nicht blitzschnell mit seiner oben befindlichen Hand gegen mein Finger-V zu schützen, nein, er drückte den Revolver ab, was ihn meine letzte Rücksichtnahme kostete.

Das Klicken, als der Hahn auf die leere Kammer schlug, hörte ich nicht, weil es zusammenfiel mit dem Aufjaulen des Wegelagerers, der die Magnum fallenließ und sich mit beiden Händen die Augen hielt. Dabei hatte ich es bewußt nicht so angelegt, daß er fürs Leben blind blieb, nein, es gab die Chance, etwas sanfter zu verfahren, aber auch das bedeutete, daß der Betroffene für eine Stunde kein scharfes Bild auf die Linse kriegte.

Ich stieg aus, öffnete die hintere Tür und zerrte den jungen Mann unter die nächste Straßenlampe. Es war derjenige, den ich in der Bar gesehen hatte. Er trug ein Springmesser bei sich und eine niedliche, flache Pindad mit dreizehn Schuß im Magazin, ein indonesisches Produkt, allerdings in Lizenz von FN in Belgien gebaut: nicht ungefährlich!

Hätte er, statt mit meiner Magnum herumzufuchteln, dieses Wunderwerk in meinem Nacken abgedrückt, mein Finger-V wäre zu spät gekommen. Ich trat ihn erst einmal vorsichtshalber gegen das Schienbein, so etwas beschäftigt solche Leute erfahrungsgemäß für eine Weile mit sich selbst. Und ich fragte freundlich: »Was sollte das? Was soll ich haben und wegbringen?«

Er konnte mich nicht sehen, seine Augen waren geschlossen. Tränen quollen zwischen den Lidern hervor. Mancher Filmschauspieler, der urplötzlich für die Kamera heulen soll und das nicht auf Befehl kann, hätte ihn beneidet.

Als keine Antwort kam, kommandierte ich, um ihn weiter einzuschüchtern: »Dreh dich um!« Dabei bewegte ich den Schlitten der Pistole. Das Geräusch, da hatte ich mich nicht getäuscht, fuhr ihm ins Herz.

»Bitte...«, stammelte er in verständlichem Englisch.

Ich setzte ihm nun meinerseits die kalte Mündung seiner eigenen Pistole ins Genick, und was ich daraufhin erfuhr, war zwar eine Menge, im Grunde aber brachte es mich keinen Schritt weiter. Allerdings wies es in eine bestimmte Richtung.

Er sagte, ein ihm persönlich nicht bekannter Auftraggeber habe ihn aus Djakarta hierher geschickt, um etwas sicherzustellen, das Mrs. Porteiras geholfen hatte, außer Landes zu bringen, zusammen mit einem Mann aus Timor. Er hatte diesen Gegenstand noch nicht ausfindig machen können. Wußte angeblich nicht einmal, was es eigentlich war. Sollte nur Mrs. Porteiras im Auge behalten und Besucher darauf filzen, was sie eventuell von ihr wegschleppten.

»Bei dem Herrn, der in der Leichenhalle in Mong Kok liegt, ist der Gegenstand auch nicht gefunden worden?«

Ich stieß mit dieser Frage bewußt ins Dunkle. Er sagte nein, wenig überzeugend, aber immerhin, und im übrigen sei er auf den Mann nicht angesetzt gewesen, das hätte man einem anderen übertragen.

Ob einem Einheimischen, das wußte er nicht, und das stellte mich vor die Denksportaufgabe, welcher Einheimische sich wohl so einfach von einem Fremden engagieren ließ. Triadenmitglieder? Möglich. Aber nur, wenn die Triade eigene Interessen an der Sache hatte. Was da lief, sah geheimnisvoll aus. Und wenn ein indonesischer Auftraggeber hier Leute anmietete, würde er sich nach meinen Erfahrungen am liebsten an das wenden, was der noble Journalist Randgruppe nannte. Wir vom Fach nannten es beim richtigen Namen: Ganoven. Und zwar organisierte. Das hieß, eine Triade hatte Leute abgestellt. Welche?

»Was ist das für ein Gegenstand?« Es war das einzige, was mich jetzt noch weiterbringen konnte. Aber er wußte es nicht, ertrug ein paar neue Schienbeintritte jaulend und mit der Beteuerung, er habe alles gesagt. Gab zu, daß in dieser Geschichte die Geheimpolizei das Sagen hatte. Beobachten sei sein Job gewesen, und hiesige Kontaktleute von Mrs. Porteiras überprüfen...

»Ja, ja«, brachte ich ihn zur Ruhe. Bei Geheimdiensten darf man sich über gar nichts wundern, nicht einmal darüber, daß ein paar Tritte ans Schienbein gesprächig machen. Wer weiß, vielleicht hatten sie den Burschen zum ersten Mal beauftragt. Anfänger. Das gab es, seit die Geheimdienste auf der ganzen Welt nicht mehr so recht zum Zuge kamen. Außerdem – es soll ja Leute geben, die ihr Leben lang für eine Geheimpolizei laufen, aber nicht mal auf dem Sterbebett könnten sie sagen, wer es eigentlich gewesen war, für den sie liefen. Das hatte die Branche so an sich. Tricks, die auch schon nicht mehr die neuesten waren.

Trotzdem fragte ich den Indonesier schließlich: »Wer gibt die Anweisungen?«

»Kenne ihn nicht, Sir.« Er sagte »Sir« zu mir, das konnte bedeuten, daß er Angst hatte, aber es konnte auch ein Zeichen dafür sein, daß er sich über die unergiebige Fährte freute, auf die er mich lockte. Deshalb forderte ich ihn erst einmal auf, sich wieder umzudrehen, setzte ihm die Mündung der Pindad unter das Kinn und trieb mein Knie in seine delikateste Körpergegend.

Er winselte: »Ich kenne ihn wirklich nicht, Sir!«

Noch einmal das Schienbein. Und: »Also, ich möchte nach Hause!«

Als ich mit der Pistole ein bißchen tiefer bohrte, rollten ihm wieder dicke Tränen aus den verquollenen Augenlidern, und er würgte hervor: »Da... ist das... Postfach, Sir!«

»Du kümmerlicher Enkel Tarzans bezahlst ein Postfach?«

»Nein, Sir! Ich habe... ich bekam den Schlüssel. Hole von dort meine Befehle...«

Es konnte stimmen. Ich erlaubte ihm, in die Hosentasche zu fassen, und er brachte einen flachen Sicherheitsschlüssel mit dem Aufdruck des Postamtes in der Lai Chi Kok Road hervor. Auch eine Nummer war auf der Rückseite eingestanzt. Was der Indonesier mir klarzumachen versuchte, war, daß er von einer ihm nicht persönlich bekannten Person engagiert worden war, deren Anweisungen er im Postfach abholte. Das ließ den Schluß zu, daß der Auftraggeber die Anweisungen seinerseits dort unter Benutzung eines Zweitschlüssels deponierte. Mir roch das penetrant nach Geheimdiensttechnik. Der Indonesier konnte darüber nicht viel sagen, er stotterte, nachdem ich ihn erneut ermuntert hatte, daß er in Djakarta zusammen mit anderen einen Dienstleistungsbetrieb habe. Auf eine weitere Ermunterung über das Schienbein bequemte er sich: »Wir kassieren ausstehende Rechnungen, wir helfen Unternehmern, die eine Genehmigung brauchen, wir kontrollieren die korrekte Ausführung von Arbeiten...«

Ich unterbrach ihn: »Gut, das reicht.«

So etwas gab es in Hongkong auch. Vermutlich in jedem anderen Land ebenso. Geheimdienste benutzten nicht selten solche Helfer. Für das Grobe gewissermaßen. Wie das auch die Triaden taten. Wobei ich ohnehin glaube, zwischen Geheimdiensten und Triaden gibt es nur den einen Unterschied, daß die letzteren nicht direkt vom Staat bezahlt werden. Interessant war, daß die Indonesier in Hongkong eigene Leute arbeiten ließen, denn das deutete darauf, daß die hiesigen Triaden an der Geschichte nicht direkt interessiert waren. Höchstens insoweit, als eine gewisse Dienstleistung Geld brachte.

»Was war denn die letzte Anweisung an dich?«

Er antwortete sehr schnell, fürchtete wohl für seine Schienbeine. »Hotel King's beobachten. Mrs. Porteiras. Kontakte. Übergabe...«

Das nahm ich ihm sogar ab. Ich behielt den Schlüssel, ebenso wie die Pistole und das Springmesser. Und ich beschloß, mir das Fach im Postamt in der Lai Chi Kok Road sogleich anzusehen. Es lag nur etwas mehr als einen Kilometer nordwärts. Eine Viertelstunde mit meinem Toyota, wenn man den Abendverkehr auf dieser Rinne der Vergnügungssüchtigen berücksichtigt. Aber zuvor hatte ich noch etwas zu erledigen. Ich schob den Indonesier bis zu einem Lampenmast, unter dem ausnahmsweise kein Student saß, um bei billigem Licht zu lesen. Ich kettete ihn mit den Handschellen, die ich seit einiger Zeit immer im Hosenbund mitführte, daran fest. Nahm ihm einen mit Sicherheit gefälschten Paß aus der Tasche und riet ihm dann: »Zerre nicht mit den Vorderhufen am Schmuck. Irgendwer wird dich losmachen. Wenn du Glück hast, ist es kein Polizist. Und – wenn du mir noch einmal in den Weg kommst, wirst du einen Knochenchirurgen brauchen!«

Im Auto verstaute ich die Pistole, meinen Revolver und das Messer des Burschen im Handschuhfach, wie üblich entladen. Dann tippte ich auf meiner neuerworbenen Erfindung die Nummer des *Island Guardian*. Das ist eine der lautstärksten Boulevardzeitungen, die es hier gibt. Eine Radaupostille, aber leistungsfähig.

Ich bekam meinen Freund Fung, der den gesellschaftsfähigen Vornamen Louis-Mountbatten führt, nach einer Weile an den Draht, und ich teilte ihm die Stelle mit, wo ich den Indonesier angekettet hatte: »Bring einen Bolzenschneider mit. Laß dir seine Legende erzählen, bevor du ihn losknipst, nachher wird er kaum noch was sagen...«

»Verstehe«, gab Louis-M. lakonisch zurück. Ein Zeitungsmann von der guten alten Radaugarde, die vermutlich aussterben wird, wenn erst die faden Pekinger Blätter hier den Markt beherrschen.

»Und mach ein großes Ding aus der Sache, es hängt viel dran, was man jetzt noch nicht sieht. Laß mich aus dem Spiel. Unbekannter fesselt Unbekannten an Lampenmast. So ähnlich. Vielleicht findest du einen Hund, der ihn anpißt. Dazu ein paar Vermutungen, daß es sich um eine Gang-Auseinandersetzung handeln könnte. Fotos mit leidendem Gesicht, alles das...«

Er brummte: »Wenn du noch lange redest, wird die Heilsarmee eher da sein als ich!«

Ich wählte Bobby Hsiangs Nummer. Der gleiche knurrige Ton wie vorher. Er war wohl mit seiner Abendfreude noch nicht ganz durch.

»Entschuldige, daß ich dich bei einer der für die Menschheit wichtigsten Verrichtungen störe. Auch ich bin für Bevölkerungswachstum, aber da gibt's leider was, das solltest du wissen...«

Ich schilderte ihm den Anblick, den der Bursche am Lampenpfosten bot. Daß ich ihn angekettet hatte, verschwieg ich diskret. Nur, daß er die Dame Porteiras belästigt hatte, erwähnte ich. Bobby knurrte etwas von Frechheit, aber er versprach, sogleich den nächsten Streifenwagen vorbeizuschicken. Damit waren vorerst alle Tretminen gelegt, die ich für heute legen wollte. Vermutlich würde die Streife auf Louis-M. treffen, und beide würden sich um den Kerl zanken. Um so größer würde der *Guardian* die Story aufmachen. Und der Auftraggeber war am Zuge.

Um das noch zu beschleunigen, fuhr ich, nachdem ich dem Mann am Pfosten ein letztes Mal freundlich zugewinkt hatte, in Richtung Norden die Nathan Road hoch, bis ich vor dem Postamt anlangte, einem der würdigeren, alten Bauwerke in der Lai Chi Kok Road. Die Schließfächer waren auch um diese Zeit noch zugänglich. Überhaupt herrschte hier, wo die sündige Meile Kowloons langsam auslief, um diese Zeit noch reges Treiben. Die unermüdlichen Gefährtinnen der Nacht pendelten über die Bürgersteige, wo schon die ersten Obdachlosen und streunenden Kinder auf Pappkartonteilen schliefen. Ein paar Zuhälter mit Sonderangeboten streunten dazwischen herum: Negro-Chinesin, Jungfrau aus dem Mutterland, Zwillingsschwestern, alles Spezialitäten zum Sonderpreis. Räucherwerk ließ Spiralen in die ruhige Luft steigen. Kinder baumelten in Stofftragen auf den Rücken von Hakkafrauen. Wahrsager warfen Stäbchen, ein Bäkker verkaufte Glückskuchen, die er tagsüber nicht losgeworden war, und die schon ziemlich zäh aussahen. Anderswo brutzelte Entenklein auf der Kochplatte. Rikschas rollten langsam vorbei, von tagmüden Männern in kurzen Hosen gezogen. Trotz aller Autos waren diese Drahtgefährte mit dem menschlichen Antrieb für viele Gelegenheiten die geeignetsten Verkehrsmittel, besonders in den engen Gassen der älteren Viertel.

Ein Geigenspieler quälte von der Luftfeuchtigkeit aufgequollene Saiten, die eher einen Protestschrei von sich gaben als Musik. Dafür tönte aus einem Zelt, das in eine Baulücke gesetzt war, das Gelärm der Zimbeln und Gongs um so klarer, da lief eine Opernaufführung. Das Geschrei der Akteure mischte sich in das Geklingel der Fahrräder, das Gesumm der tausend Stimmen und das Kreischen bremsender Autos. Ein Stückchen altes China, wie man es immer wieder einmal in der Kolonie fand, und wie die Touristen es liebten. Romantik zwischen den Häuserschluchten der Super-Wolkenkratzer, den Glasfronten der Banken und den Spiegelfassaden der Kaufpaläste. Jeder wußte, daß die Tage gezählt waren, die diesen Resten alter Pracht noch verblieben. Und an vielen Stellen war Hongkong ohnehin nicht mehr von New York zu unterscheiden, von Honolulu. Wenn da nicht der Geruch gewesen wäre! Jene unverwechselbare Duftkomposition aus Holzkohlenrauch und Schweiß, Abwassergestank und Blumenparfüm, Modder und gebratenem Fisch ... Der Schlüssel öffnete das Schließfach, ohne zu klemmen. Ein Kuvert. Darin ein zusammengefaltetes Papier mit einem Namen und einer Adresse: Liu Tse-mo, Victoria, Harcourt Road 72 C/7/21. Dahinter ein Haken.

Ich steckte das Papier ein, schloß das Fach wieder und machte mich davon. In meinem Toyota sitzend, überdachte ich die Sache.

Die angegebene Adresse lag etwa auf halbem Wege zwischen dem Hauptquartier der Polizei und dem Admirality Center. Ich ließ den Motor an und machte mich auf den Rückweg.

Um die Gegend, in der ich den Indonesier festgemacht hatte, schlug ich einen Bogen. Im Tunnel, als ich hinter einem Diesel hing und die Klimaanlage mir den Qualm so richtig ins Gesicht blies, ärgerte ich mich wieder einmal, daß ich immer noch am Autofahren festhielt. Strecken wie diese ließen sich heute schon bequemer mit der Schnellbahn bewältigen, die den irreführenden Namen Mass Transport Railway trug –

Massen von Menschen waren jedenfalls um diese späte Abendzeit nicht mehr darin zu finden. Aber ich mag nun mal gern die alten Gewohnheiten, und außerdem konnte man eben – im Gegensatz zur MTR – mit dem eigenen Auto bis genau vor das Haus fahren, in dem man zu tun hatte.

Das tat ich auch jetzt. Natürlich war auf der Harcourt an dieser Stelle Parkverbot. Aber dagegen hatte ich ein verläßliches Mittel. Aus dem Handschuhfach holte ich das Schild, das meinen Toyota als Vehikel eines Arztes im Notdienst auswies, mit einem perfekt nachgemachten Stempel der City Administration, und klemmte es hinter die Windschutzscheibe, die dringend mal eine Wäsche brauchte. Herr Liu wohnte in einem Apartmenthaus, in dem sich im Erdgeschoß eines dieser unzähligen Büros von Liliputorganisationen befand, wie sie in Hongkong – wahrscheinlich auch anderswo – aus dem Boden geschossen waren wie junger Reis nach dem Regen.

Leben zu Lebzeiten hieß das hier. Vereinigung zum Schutz verfolgter Minderheiten.

Ich klingelte drei Stockwerke höher, bei Herrn Liu, mit dem Erfolg, daß sich eine Männerstimme im Türlautsprecher meldete und wissen wollte, wer ich sei und was ich wollte. Wir einigten uns darauf, daß ich das von Gesicht zu Gesicht vortragen würde, in angemessener Form. Es gab sogar einen Fahrstuhl, und Liu erwartete mich schon an der Tür seines Apartments. Ein noch junger Mann, der einen Blick auf meine Lizenz warf und mich dann in den dürftig ausgestatteten

Wohnraum eintreten ließ, in einen Rattansessel nötigte, der zwar quietschte, aber recht angenehm war. Ich redete nicht viel um die Sache herum und zeigte Liu das Papier, das ich in dem Schließfach gefunden hatte.

Er besah es sich eine Weile nachdenklich, schüttelte den Kopf und blickte mich fragend an.

»Zweifellos mein Name. Ich verstehe den Zusammenhang nicht.«

Ich verstand ihn auch noch nicht, aber ich klärte ihn auf, wie ich zu dem Papier gekommen war. Und dann machte ich ihn auf das Häkchen hinter seinem Namen aufmerksam: »Muß ich Ihnen erklären, was das heißt?«

Ich mußte nicht. Er sagte: »Ich habe Geschichte studiert, Mister Lim Tok. Daher weiß ich, daß bis in die jüngste Zeit Todesurteile mit solchen Häkchen versehen wurden, wenn man sie öffentlich aushängte, um anzuzeigen, der Betreffende lebe nicht mehr.«

»Sehr richtig«, konnte ich nur bestätigen. »Ein makabrer Scherz, denn Sie leben noch. Aber ich vermute, dies ist die Aufforderung an jemanden, Sie zu beseitigen. Können Sie sich denken warum?«

Er konnte nicht. Angestrengtes Nachdenken. Ich nahm ihm seine Überraschung ab, er schien ein ehrlicher Typ zu sein, kein verschlagener Schauspieler. Nach einer Weile gab er zu, daß es da vielleicht einen Zusammenhang geben könnte. Aber er ließ sich nicht weiter darüber aus.

Ich bohrte nach: »Jemals was von einem Herrn gehört, der gegenwärtig kalt in der Leichenhalle von Mong Kok liegt?«

Ich hatte getroffen; er blickte betreten zu Boden.

Um ihm Zeit zu lassen, stand ich aus dem Rattansessel auf und wanderte durch das Apartment. Alles billig, aber es herrschte eine Ordnung, wie man sie bei einzeln lebenden Männern nur selten findet. Auf meiner Dschunke sah es da anders aus! Hier hingegen gab es eine Menge Bücher, sogar Aktenordner, auf einem Tisch eine Schreibmaschine, Stapel von Briefen und Zeitungsausschnitten.

»Ich habe davon gehört«, gestand Herr Liu.

»Sie kannten ihn?«

Er nickte. »Er rief mich an. Sagte, er würde mir etwas übergeben wollen.«

»Haben Sie es bekommen?«

Er schüttelte den Kopf. »Wir haben nie mehr von ihm gehört.«

»Wer ist Wir?«

»Die Vereinigung *Leben zu Lebzeiten*.«

Es war, als ob in meinem Kopf etwas klickte. Ich erinnerte mich an das Schild, das ich unten gesehen hatte. »Sie meinen die Vereinigung zum Schutz verfolgter Minderheiten?«

Das bestätigte er.

»Wissen Sie, woher der Tote kam?«

»Aus Timor.«

»Und wer sagte Ihnen das? Er selbst?«

Liu zögerte. Dann bequemte er sich: »Da war diese Frau. Sie rief mich an und teilte mir mit, daß ein junger

Mann aus Timor, der mit uns in Verbindung kommen wollte, tot sei. Vielleicht, so sagte sie, würde sie sich noch einmal melden. Aber, Mister, was haben Sie eigentlich mit alldem zu tun?«

Als ich ihm sagte, ich versuchte lediglich festzustellen, warum eine Leiche eine Leiche war und weshalb die Kamera im Schauhaus zwei unterschiedliche Reaktionen auf den Toten aufgezeichnet hatte, sah er mich an wie einen Mann, der in der Zwangsjacke bei einer Frühlingsfestparty auftaucht. Aber als ich erwähnte, der junge Tote sei nicht in einen Bus gerannt, auch nicht von einem Außerirdischen gelähmt worden, sondern ganz ordinär erschossen, begann sich bei ihm wieder der Gedanke durchzusetzen, ich müsse doch von dieser Welt sein. Man merkte es ihm an. Er wollte wissen, in wessen Auftrag ich unterwegs sei.

Als ich das nicht befriedigend beantworten konnte, gab er zwar zu verstehen, daß er mich trotz allem für normal hielt, aber er wurde auch immer verschlossener.

Ich versuchte, von ihm etwas über diese Vereinigung zum Schutze verfolgter Minderheiten zu erfahren. Da klärte er mich bereitwillig auf, sie sei für nahezu ausgerottete Volksstämme wie etwa die Cham in Kambodscha tätig, für die Miao, die Liu, die Shan, die Karen, alle auf dem Festland, aber eben auch für die sogenannten Seezigeuner auf den Philippinen, für die Molukker, die Batak auf Sumatra, und für die Leute aus Ost-Timor, die plötzlich und gegen ihren

Willen unter die Verwaltung Indonesiens gestellt wurden, mit allen daraus resultierenden schlimmen Folgen.

»Eine Minderheit, die jahrzehntelang von den Portugiesen lediglich als Reservoir billiger Arbeitskraft genutzt wurde, und deren Los sich unter indonesischer Herrschaft nur noch verschlimmerte...«

Ich hatte nur wenig Ahnung von Timor, wußte gerade das, was ich irgendwann in Zeitungen überflogen hatte. Nun klärte mich Mister Liu Tse-mo auf, daß es im ehemals portugiesischen Ostteil der Insel einiges an Bodenschätzen zu holen gab, aber auch Produkte des Landes, die auf den Märkten der Welt immerhin gefragt waren: Kaffee und Reis, Kopra, Sandelholz und Perlen. Das alles sei inzwischen Besitz einiger Familienclans, denen Kinder der in Djakarta Regierenden vorstanden.

»Es gab und gibt gegen diese Ausplünderung, die den Einheimischen keine Chance läßt, Widerstand. Auch bewaffneten. Und es gibt abscheuliche Massaker. Bei der Affäre um den Mann, der mich angerufen hatte, und von dem mir eine Anruferin später mitteilte, er würde gern mit mir ins Gespräch kommen, handelt es sich um Ost-Timor. Mehr weiß ich nicht.«

»Nur, daß der Anrufer inzwischen tot ist. Die Frau lebte vor zwei Stunden noch.«

»Sie kennen sie?«

Ich bestätigte ihm das, packte aber keine weiteren Einzelheiten aus. Die Geschichte schien Konturen anzunehmen. Ein junger Mann aus Timor, der vielleicht bei dieser Vereinigung *Leben zu Lebzeiten* Zuflucht gesucht hatte und dem eine in der Kolonialzeit in Timor reichgewordene Dame half, gegen einige indonesische Gestalten, die auf der Jagd nach beidem oder wenigstens einem von beiden waren. Wem immer sie unterstanden, für wen sie liefen und was ihr Ziel war – ihr erstes Opfer war tot.

Mister Liu Tse-mo sah nicht sehr zuversichtlich aus, als ich ihn verließ und darauf aufmerksam machte, er könnte leicht das nächste Opfer sein. Besonders nach der seltsamen Nachricht in dem Schließfach und dem roten Haken hinter seinem Namen.

Ich versprach ihm, mich noch einmal sehen zu lassen, wenn ich mehr wußte. Das schien ihn etwas zu erleichtern.

Pipi, meine zugegeben etwas kapriziöse Dauerfreundin, hatte in ihrem Hotel Excelsior Frühschicht gehabt, und daher lag sie, als ich auf meiner Dschunke anlangte, bereits auf der Matte in der Kajüte und blickte mir vorwurfsvoll entgegen, als ich die Stiege herabpolterte.

Sie blies ihren Pony nach oben und schimpfte: »Erzähl mir nicht, du hast Arbeit gehabt!«

Ich entschloß mich zu einer in solchen Situationen erprobten Schocktherapie und fragte sie: »Weißt du, was ein Kameraschwenker in einem Leichenschauhaus zu tun hat?«

Sie fauchte zurück: »Willst du, daß mir das gebratene Huhn von heute abend hochkommt?«

Das wollte ich keineswegs. Aber ich ging darauf ein und bemerkte: »Interessant, ich bin nicht da, aber du läßt dir Huhn schmecken! Ich hätte tot sein können, während du einen dieser kleinen Knochen abnagst!«

»Du warst in Gefahr?« Es klang versöhnlich.

»Ich habe einen Revolver im Genick gehabt«, brummte ich, ohne anzufügen, daß es mein eigener gewesen war. Ich zog mir eine Büchse *Star* auf. Ein Glas stand nicht herum, also trank ich das Bier gleich aus der Büchse und ergänzte zwischen zwei Zügen: »Mein Leben hing am seidenen Faden.«

»Und?« Der Umstand daß ich noch lebte, stachelte sie zur Ironie auf.

Mir fiel der angekettete Bursche ein. Schnell tippte ich auf meinem elektronischen Wunderwerk die Nummer von Louis-Mountbatten Fung.

»Was ist? Hast du deine Story?«

Ich hörte ein paar tiefe Atemzüge, dann warf der Zeitungsbursche mir vor: »Du hättest mir sagen können, daß du ihn erstochen hast. Scheiß-Story.«

Ich brauchte ein paar Sekunden, um das zu verarbeiten. »Heißt das, du hast ihn dort an dem Laternenpfahl mit einem Messer im Bauch vorgefunden?«

»Nicht mal das!« schimpfte er. »Das Messer war nicht mehr da. Und er war nicht in den Bauch gestochen, sondern in die Herzgegend. Fachmann. Übrigens hat mich die Polizei gefragt, von wem ich den Tip habe. Ich habe dich aus dem Spiel gelassen. Anonymer Anruf. Aber – nächstens erspare mir solche Scheiße. Wer war überhaupt der Kerl?«

Ich klärte ihn in Grenzen auf, aber das Wenige, was ich über den Toten wußte, und von dem ich ihm etwa die Hälfte verriet, besänftigte ihn ein bißchen, weil es wohl für den Bildtext ausreichte.

»Sagst du mir Bescheid, wenn sich da noch was tut?«

Ich ließ ihn einen Augenblick warten, dann entschloß ich mich, ihn wenigstens auf die Spur zu hetzen, egal was es mir nutzte. Skandalreporter werden von manchen Leuten als unanständig oder faul, manchmal auch als verschlagen, in jedem Falle als nicht gesellschaftsfähig bezeichnet. Ich halte nicht viel von Vorurteilen. Ich selbst war nämlich mit dieser Spezies immer leidlich ausgekommen. Die Leute wußten manches. Einige sogar vieles. Und sie konnten verläßliche Partner sein, wenn man ihnen gegenüber selbst verläßlich war. Deshalb riet ich Louis-Mountbatten Fung jetzt, nach Mong Kok zu fahren und sich den Toten im Schauhaus selbst anzusehen.

Er protestierte: »Du verlangst allen Ernstes, ich soll um diese Zeit in die Yee Street reiten, nur um mir dort noch einen Kalten anzusehen? Der von der Laterne reicht mir! Bin ich ein Zombie-Freak? Oder hast du was am Kopf?«

Ich versprach ihm: »Es steckt eine Geschichte dahinter. Zwischen den beiden Toten gibt es eine Verbindung. Ich weiß noch nicht genau welche, aber ich werde bald mehr wissen. Mach ein Foto von dem Burschen im Schauhaus. Der Kameraschwenker, der dort arbeitet, wird es zulassen, wenn du dich auf mich berufst. Heißt Tim Tsen. Der Tote ist vermutlich aus Timor. Weißt du, wo das ist?«

»Bin ich schwachsinnig?«

Ich überhörte den Protest: »Bis jetzt ist nur klar, daß ein paar Killer, vermutlich aus Indonesien, hinter ihm her waren. Mach Fortsetzungen aus der Story. In der nächsten Folge wirst du schreiben können, warum die hinter ihm her sind...«

Daß ich hoffte, darüber von Mrs. Porteiras mehr zu erfahren, und daß ich mir da absolut noch nicht sicher war, verschwieg ich vorerst. Das hatte Zeit. Schließlich würde sich erst herausstellen, ob sie Wort hielt und mit Einzelheiten herausrückte, wenn ich sie morgen Mittag anrief.

Am Vormittag wollte sie diese Besprechung haben, von der angeblich abhing, was sie tun würde, jedenfalls hatte sie das gesagt, und es hatte glaubhaft geklungen. Ich war eine Weile versucht gewesen, mich am Vormittag sogleich auf ihre Spur zu setzen, aber ich würde das doch unterlassen. Vielleicht war es besser, sie nicht kopfscheu zu machen, und das würde sie sicher werden, wenn sie per Zufall, wie das bei solchen Observationen oft genug vorkommt, bemerkte, daß ich ihr auf den Fersen war.

»Ich bleibe die ganze Nacht bei dir!« rief ich Pipi zu.

Die schüttelte befremdet den Kopf.

»Bei so vielen Leichen fällt dir kein besserer ein als ich?«

»Nein«, gab ich zurück. »Ich will nur verhindern, daß du weiter *Vanity Fair* liest, das wird zu teuer.«

Als Versöhnungsgeste drückte ich sie ans Herz, bis sie nach Luft rang. Ein Wunder, daß sie mich nicht ins Ohr biß. Pipi ist eine zärtliche Geliebte, aber manchmal hat sie ausgesprochen kannibalische Anwandlungen.

Am Morgen ließen wir uns von einem Walla-Walla an Land bringen, löffelten an der Imbißbude unweit der Anlegestelle eine Soup Chinoise, dann brachte ich den Toyota in Gang und fuhr sie zum Excelsior. Eigentlich hatte ich noch in dem Büro vorbeischauen wollen, das ich in der Cameron Street mit dem Bewährungshelfer Wu teilte, aber ich begnügte mich doch damit, mir per Telefon von ihm sagen zu lassen, daß die eingegangene Post im wesentlichen aus Rechnungen bestand und aus vielfarbigen Prospekten, die mir neue Bürosessel oder Computer anpriesen, sündenteure Parker-Erzeugnisse oder Reisen zu fernen Inseln.

»Klienten?« Er nahm in meiner Abwesenheit zuweilen auch mal einen Auftrag entgegen.

»Ein Anruf«, teilte er mir jetzt mit. »Bobby Hsiang. Eilig.«

Vermutlich hatte Bobby die Nummer von meinem Funktelefon verlegt. Ich wählte seine Nummer, traf ihn auch an, aber er war sehr kurz angebunden: »Komm her, sofort. Und keine Ausreden!«

Was blieb mir übrig? Bobby Hsiang, den ich seit meiner Kindheit kannte und mit dem zusammen ich einige Jahre Hongkonger Pflaster abgelatscht hatte, als wir beide junge Polizisten waren, würde mich nicht ohne zwingenden Grund zu sich bestellen.

Also quälte ich mich mit dem Toyota mühsam durch den Vormittagsverkehr, und dann fand ich überraschenderweise eine Parkbucht, die eigentlich für den amtierenden Obersten Anwalt der Krone reserviert war, so daß ich auf einen erprobten Trick zurückgriff und die Motorhaube hochklappte. Ich würde jederzeit mit der Ausrede durchkommen, daß der Wagen mit dem streikenden Motor von der Fahrbahn mußte, weil er ein Verkehrshindernis gewesen wäre.

»Setz dich hin«, forderte Bobby mich mürrisch auf, nachdem wir uns begrüßt hatten. »Was ich dir mitzuteilen habe, ist nämlich amtlicher Natur.«

Er griff in die Hemdtasche und zog die zerknüllte Packung mit seinen schwarzen Zigaretten heraus. Erst als er einen dieser Stinker zwischen den Lippen hängen hatte und die Luft in dem kleinen Raum Ähnlichkeit mit der in einer Opiumspelunke annahm, begann der Chef der Mordkommission mit seinen Eröffnungen.

»Was ich hier in der Hand habe, ist eine Anzeige«, sagte er und wedelte sich mit einem Blatt Papier Frischluft zu, um die ich ihn beneidete. »Danach hat jemand beobachtet, wie du gestern abend um 23 Uhr oder etwas später in der Nähe des Hotels King's einen Mann zuerst an einen Lampenpfahl gebunden und dann erschossen hast.«

Er blickte mich an. Sonderbar, er lächelte nicht sein ironisches Lächeln, das er sonst bei allen möglichen Gelegenheiten draufhatte, er bot mir sein Neutral-Gesicht, so ausdruckslos wie die Wolkenkratzerkulisse von Victoria.

Ich erkundigte mich: »Typischer Fall von Marterpfahl. Bin ich denn bei Pfeil und Bogen geblieben? Oder habe ich mit einer Bazooka gekillt?«

Er knurrte: »Keine Scherze bitte. Kein Anlaß dafür. Dies ist eine Anzeige, die dich des Mordes bezichtigt, an einem Mann begangen, den wir tatsächlich tot an einem Lampenpfosten gefunden haben. Mit Handschellen festgemacht.«

»Die Handschellen waren von mir«, machte ich ihn aufmerksam. Aber er wischte das beiseite: »Interessiert mich nicht. Habe ich nicht gehört. Kennst du den Mann?«

»Ich hatte eine kalte Mündung im Nacken«, teilte ich ihm freundlich mit. »Er hielt die Waffe. In meinem eigenen Auto.«

»Erzähle!«

Ich berichtete wahrheitsgemäß, was sich zugetragen hatte. Bobby Hsiang hörte interessiert zu, wischte sich gelegentlich den Schweiß von der Stirn und paffte seine Bastos bis zum letzten Zipfelchen.

»Und du kennst den Namen nicht?«

»Habe ihn nicht gefragt. Er hätte ohnehin gelogen.«

»Das Postfach hat er dir aber verraten, wie?«

Er notierte sich die Adresse des Herrn Liu Tse-mo, des Mannes von der Minderheiten-Gesellschaft. Daß ich auf einen Anruf von Madame Porteiras wartete, die mir versprochen hatte, Einzelheiten über den Toten im Schauhaus auszupacken, sowie sie eine andere

Besprechung absolviert hatte, interessierte ihn sehr. Er hielt sie vermutlich für meine Auftraggeberin, und ich sagte nichts dazu, denn es war schon ein Witz, ausgerechnet für einen Kameraschwenker im Leichenschauhaus zu arbeiten. Und dazu noch unentgeltlich! Bobby Hsiang telefonierte mit einem Mitarbeiter und beauftragte ihn, sofort ins King's zu fahren und die Dame diskret zu überwachen.

Ich wollte wissen, ob ich nun verhaftet würde, aber er winkte unmutig ab. War wieder der alte Bobby Hsiang mit dem versteckten, kaum wahrnehmbaren Grinsen im Gesicht. »Du wirst nicht verhaftet.«

»Für diesen Fall gebe ich ausdrücklich zu Protokoll, daß ich nicht auf den Kerl geschossen habe. Ich habe lediglich Louis-Mountbatten Fung zu ihm gehetzt, er sollte eine Story aus der Sache machen, die vielleicht die Hintermänner aus der Reserve lockt.«

»Fung hat bereits eine Story daraus gemacht«, sagte Bobby. Er griff wieder nach einer Bastos, aber bevor er sie anbrannte, erklärte er mir mit unbewegtem Gesicht: »Du wirst übrigens nicht verhaftet, weil die Anzeige anonym ist, und weil zudem das, was behauptet wird, nicht stimmt. Die Frage ist nur, warum will man dir da was anhängen?«

»Und wer will es!« fügte ich an.

Er zuckte die Schultern. »Wir können nicht jeder anonymen Behauptung nachgehen. Noch dazu, wenn das Tötungsinstrument nicht wie behauptet eine Schußwaffe, sondern ein Messer gewesen ist.

Demzufolge kannst du gehen, wenn du mir versicherst, daß du den Mann nicht getötet hast.«

»Weder mit Schußwaffe noch mit Messer.«

Ich hatte die flache Pindad eingesteckt, als ich zu Bobby ging, jetzt legte ich sie ihm auf den Tisch. Er ließ sie in einer Schublade verschwinden, nachdem er daran gerochen und das Magazin überprüft hatte.

»Wieder eine nicht registrierte Spritze, die bei mir liegt. Offiziell kann ich sie nicht anbringen, das würde Schwierigkeiten für dich bedeuten. Aber – ich muß dir das als gelerntem Polizisten nicht weiter erklären...«

Mußte er nicht. Aber ich fragte ihn: »Ist dir nun langsam klar, daß die seltsame Beobachtung des Kameraschwenkers Timmy Tsen einen trüben Hintergrund anzeigt?«

Er streckte sich in seinem Lehnstuhl. Bobby Hsiang begann wieder die vertrauten Züge anzunehmen, der Amtsmensch verflüchtigte sich.

»Was vermutest du? Eine Gang-Schlacht?«

Ich erinnerte ihn an Herrn Liu von *Leben zu Lebzeiten* und daran, daß es zwischen ihm und Mrs. Porteiras eine Abmachung gab, miteinander ins Gespräch zu kommen. Jedenfalls hatte er mir das so geschildert. Interessant war, daß der Laternenpfahl-Tote zuvor Mrs. Porteiras im Hotel beobachtet hatte, und daß er offenbar etwas suchte, das er dann bei mir vermutete.

»Aber was?«

Da hatte er mich in der Ecke, das wußte ich auch nicht.

Jedenfalls sah die Sache nicht nach einer der möglichen Schlachten zwischen indonesischen Gangstern und Hongkonger Triaden aus.

»Trotzdem werde ich in diesen Gefilden meine Antennen ausfahren«, versprach ich Bobby. »Und dann – Mrs. Porteiras hat mir zugesagt, über Zusammenhänge auszupacken...«

Das Telefon unterbrach mich. Bobby knurrte seinen Namen in die Sprechmuschel. Hörte dann schweigend zu. Sagte schließlich, daß er kommen würde und knallte den Hörer auf.

»Bis du mit Mrs. Porteiras sprechen kannst, wird einige Zeit vergehen. Komm mit, wir fahren zu ihr!«

Er sagte nichts mehr, bis wir in seinem Dienstwagen saßen. Da beauftragte er seinen Fahrer: »Queen Elizabeth Hospital«, und wandte sich dann mir zu: »Mein Sergeant hat gerade noch verhindern können, daß jemand zum zweiten Mal auf sie schoß.«

»Schwer verletzt?«

»Ziemlich.«

»Wer war es?«

Er bewegte schwach die Schultern. Bis zum Queen Elizabeth, der riesigen, modernen Bettenburg, sagte er kein Wort mehr. Ich erkannte Mrs. Porteiras mit einiger Mühe wieder. Sie lag mit geschlossenen Augen da, und ihr Kopf war dick verbunden. Vor der Tür und auf dem Balkon des Krankenzimmers hielten sich inzwischen zwei Beamte auf, die Bobby herbeordert hatte. Er ließ den Arzt rufen, einen höflichen, jungen Chinesen, der nach dem Puls der Verletzten sah und alle zu ihr führenden Kabel und Schläuche kontrollierte. Zuletzt hob er ihr ein Augenlid und leuchtete mit einer kleinen Lampe in die Pupille. Schließlich, als er zufrieden zu sein schien, beantwortete er Bobby Hsiangs Frage.

»Der Schuß ging in die linke Brustseite. Sehr knapp am Herzen und an den großen Blutgefäßen vorbei. Da droht keine Lebensgefahr mehr. Die Verletzungen am Kopf stammen von dem Sturz nach dem Schuß. Es geschah am Fahrstuhl, als sie auf ihrer Hoteletage gerade ausstieg. Sie prallte mit dem Kopf auf eine Eisenkante am Boden der Fahrstuhlkabine. Keine sehr schwere Verletzung, auch kein Röntgenbefund. Allerdings etwas Schockwirkung, die noch anhält. Möglicherweise würde die Verletzung am Kopf später durch einen kosmetischen Chirurgen nahezu unsichtbar gemacht werden können. Ich empfehle da...«

»Ja, ja«, unterbrach ihn Bobby, »das hat Zeit, Doc. Sie ist jetzt nicht ansprechbar?«

Der Doktor schüttelte den Kopf.

Bobby bat ihn, zu warten. Er selbst gab dem vor der Tür des Krankenzimmers postierten Beamten einen Auftrag. Als er zurückkam, zog er den Arzt in eine Ecke des Zimmers und schärfte ihm ein: »Doktor, was wir jetzt sprechen, bleibt unter uns. Hier liegt ein Mordversuch als Fortsetzung einer Serie vor. Ernste Sache. Wir haben keine Anhaltspunkte über Motive oder Täter. Deshalb muß diese Frau tot sein. Verstehen Sie mich?«

»Nein.« Der Arzt sah ihn ratlos an. »Wie meinen Sie das?«

»Nun, haben Sie schon mal geangelt, Doktor?«

»Fische?«

»Was sonst! Ja oder nein?«

»Fische, natürlich, ja.«

»Also, dann machen Sie etwas an Ihrem Angelhaken fest, oder?«

Der Arzt sah ihn an wie einen, von dem er vermutete, er sei eben aus der Psychiatrie getürmt. Aber nach einer Weile gelang es Bobby doch, ihm verständlich zu machen, worauf er hinauswollte: Mrs. Porteiras' vorgeblicher Tod sollte den Mörder in Sicherheit wiegen. Möglicherweise auch seine Hintermänner. Ich fand die Idee sinnvoll. Vielleicht führte sie dazu, daß die unbekannten Leute früher oder später einen Fehler machten.

Bobby verpflichtete den Arzt zum Schweigen und gab Anweisung, die Verletzte, sobald sie transportfähig war, ins Tung Hua zu verlegen. Die Hongkonger Polizei hatte dort bessere Verbindungen. Außerdem lag es näher am Hauptquartier.

Den schnell herbeigerufenen Polizeifotografen ließ Bobby ein Bild vom Kopf der Verletzten machen. Noch in den Abendausgaben würden die Leute sehen können, daß eine Touristin namens Porteiras aus Timor bei einem Überfall getötet worden war und daß Zeugen gesucht würden, die zu jener Zeit im King's gewesen seien.

Als wir allein waren, sagte ich zu Bobby: »Teuflisch!«

Er grinste. Wir saßen in seinem Auto, als er den

Mund wieder öffnete: »Geschäftsvorschlag, alter Freund. Ich lasse die Anzeige aus dieser Lampenpfostensache verschwinden. Endgültig. Das ist nicht ungefährlich, wie du weißt, wenngleich das Ding anonym ist...«

»Danke«, sagte ich, bevor er die Katze aus dem Sack ließ. Ich kannte Bobbys Tricks.

Er grinste weiter. »Du hast noch nicht gehört, was dein Beitrag zu diesem Geschäft sein wird. Ich lasse gleichzeitig veröffentlichen, die Dame Porteiras hätte sich unmittelbar vor dem Überfall mit dem Privatermittler Lim Tok getroffen, bei dieser Gelegenheit habe sie ihm, wie ein Augenzeuge berichtete, etwas übergeben, was er mitnahm, als er sie verließ. Über das Objekt ist nichts bekannt. Der Detektiv wurde kurz gehört, leugnete aber, etwas bekommen zu haben. Wo er sich jetzt aufhält, ist unbekannt. Er könnte selbst einem Überfall zum Opfer gefallen sein. Wie hört sich das an?«

Ich gab mir Mühe, meine Wut zu verbergen. Drohte ihm nur an: »Ich wußte immer, daß du nach einer Chance suchst, mich um die Ecke zu bringen. Dafür werde ich dich zur Strafe aus meinem Testament streichen.«

Daß ich die Idee insgeheim ganz brauchbar fand, etwa so wie das Auslegen einer mit Leim bestrichenen Rute gegen Fliegen im Hochsommer vor dem Regen, das ließ ich unerwähnt. Ich war nicht gern Leimrute.

Wer immer in die Affäre um Mrs. Porteiras und ihren kalten Schützling im Leichenschauhaus verwickelt war, würde bei mir vorstellig werden. Vermutlich mit einer Achtunddreißiger. Daß ich eigentlich für dieses sonderbare Engagement nicht einmal einen richtigen Auftraggeber hatte, einen der wenigstens meine Spesen bezahlte, verursachte mir einiges Kopfzerbrechen. Den Kameraschwenker konnte ich vergessen. Aber da war ja noch Mrs. Porteiras! Und – hatte nicht Bobby erwähnt, sie sei gut und gerne einige Millionen Dollar schwer? Das Treffen, zu dem wir verabredet gewesen waren, stand noch aus.

Einige Tage vergingen, ohne daß ich weiterkam. Ich hatte nicht den Eindruck, daß ich beobachtet wurde, und ich konnte sogar noch ein fettes Honorar kassieren, als es mir gelang, einen alten Auftrag abzuwickeln: Der Apotheker, der Ampullen eines Morphiumpräparates beiseite schaffte und sie durch solche ersetzte, die mit wirkungslosem destilliertem Wasser gefüllt, aber falsch bedruckt waren, ging mir ins Netz. Weil die Apotheke zu einer Kette gehörte, die sich im Eigentum der Familie Tsung befand, wurde ich zu Tsung Da-hsien eingeladen – dem ehrwürdigen, mit mehreren Barthaaren ungewöhnlicher Länge ausgestatteten Familienoberhaupt. Er überreichte mir persönlich den Scheck. Aus einer so profanen Angelegenheit machte er zu meinem großen Erstaunen eine ziemlich feierliche Zeremonie.

Empfing mich in einem von roten Seidentapeten und Goldfiguren strotzenden Raum, der die Größe eines Billardsaales hatte. Da standen Ibisse aus Bronze herum und Palastlöwen, die jeweils ein Vermögen wert waren, wenn man nur ihren Geldwert als Antiquität berechnete. Da sich Leute wie Tsung nicht mit Fälschungen abgaben, besaßen alle diese herumstehenden oder in Vitrinen gelagerten Kunstgegenstände zusätzlich einen schwer zu beziffernden historischen Wert. Selbst bei Sotheby's hätten sie da Schwierigkeiten mit der Preisfestsetzung.

Ich ließ mich ehrfürchtig auf einem Rotholzstuhl nieder. Der war zwar hart, aber traditionsbewußte Chinesen fanden Polstermöbel ohnehin pervers, sie legten selbst ihren Kopf während des Mittagsschläfchens noch auf einen *Knochen* aus Porzellan. Bei Tsung, so vermutete ich, würde das Stück mindestens echtes Ming sein, ebenso wie das Teeservice, das ein Diener brachte, als der Hausherr mir Glückskuchen und weißgoldfarbenen Lung Ching anbot, eine Sorte, die sich reiche Besucher bei uns besonders gern kaufen, weil sie ihn nicht so sehr für eine Teespezialität halten, sondern für ein Statussymbol: Lung Ching, die Brühe der Kaiser des Reiches der Mitte – und ich, der Krawattenhändler Jones aus Pierpax in Iowa habe sie genossen!

Ich deutete im Sitzen eine Verbeugung an, als der würdevoll den Gastgeber mimende alte Herr mich mit einer Handbewegung aufforderte, zuzugreifen. Dabei entdeckte ich, daß der Nagel des kleinen Fingers an seiner rechten Hand zentimeterlang gewachsen war, ein sehr traditionelles Zeichen dafür, daß der Betreffende so reich ist, daß er persönlich nicht den geringsten Handgriff selbst zu verrichten braucht – für alles gibt es Diener, vom Ankleiden über das Waschen bis zum Öffnen gesiegelter Briefe...

Am wichtigsten an diesem Veteranen der Kultur unseres unvergleichlichen Reiches der vergangenen Jahrhunderte erschien mir, daß eine seiner Enkeltöchter mit einem Sohn Gene Hsus verheiratet war, einem meiner Klienten, dessen Sympathie ich mir erworben hatte, als ich Dinge für ihn aufklärte. Dabei muß man wissen, daß Gene Hsu, der in Wirklichkeit den Vornamen Yueh-chin trug, ein Mann mit vielen prosperierenden Unternehmungen in der Kolonie, auf dem Festland, aber auch außer Landes war, so der Besitzer einer Reisebüro-Kette namens *Blue Moon*, die Filialen in vielen asiatischen Ländern hatte. Doch damit war noch nichts über alle die Unternehmungen gesagt, in denen er – für den Außenstehenden schwer nachweisbar – seine Finger hatte: Massagesalons, Spielhallen, Restaurants auf dem Wasser und manches andere.

Am wichtigsten allerdings erschien mir, daß Hsu ein sogenannter Sin Fung der Triade 314 war, was ich noch aus meiner Polizistenzeit wußte. Die Triaden bei uns sind das, was naive Europäer oder Amerikaner in einer lächerlichen Vereinfachung *Chinesische Mafia* nennen, aber ich kann Ihnen versichern, gegen das, was eine Triade leistet, ist Mafia-Aktivität wie ein Sonntagsgang durch die Tiger Balm Gärten.

Gene Hsu ist in der strengen Arbeitsteilung der 314 der Mann fürs Grobe. Das heißt nicht, daß er mit der Pistole oder dem Wurfstern herumläuft und Leute killt

– nein, er organisiert wasserdicht, daß andere das sachgemäß tun, stillschweigend, gefühllos und bei guter Entlohnung. Mit solchen Männern, das erforderte mein Beruf, mußte man, auch wenn man sie nicht so recht mochte, ein wenigstens einigermaßen vernünftiges Verhältnis haben, oder man bekam nirgendwo Informationen, keinen fetten Auftrag, man lief sich tot.

Was mich angeht, so bin ich weit davon entfernt, Eugene Hsus verdeckte Tätigkeit etwa als menschenfreundlich zu empfinden, mir war sie eher unappetitlich, wenngleich er es, wie die Triade überhaupt, verstand, mit dem Gesetz keine Schwierigkeiten zu bekommen – ich war nicht sein Feind, und er sah in mir jemanden, der bei legalen Operationen ganz nützlich sein konnte. Vertrauenswürdig, wenngleich nicht eingeweiht. Und teuer. Aber bezahlen konnte er!

Da also saß mir gegenüber sein Urgroß-Schwiegervater, oder wie immer man ihn als Senior des Familienclans titulieren will. Er war mit meiner Art, die Apothekensache zu erledigen, höchst zufrieden und sagte mir das mehrmals, während ich den teuersten Tee der Welt trank und mich im stillen nach meiner geliebten gelben Limonade sehnte.

Dann kam er plötzlich, als hätte ich das so bestellt, auf Eugene Hsu zu sprechen, für den ich vor einiger Zeit in Tahiti Ermittlungen gemacht hatte. Tsung Dahsien war der Meinung, ich hätte auch da hervorragend gearbeitet, und er sicherte mir zu, bei Bedarf selbstverständlich auf mich zurückzugreifen. Das war, wenn man die Psyche älterer Chinesen zu deuten versteht, wie ich, so gut wie ein Ticket, das zum Eintritt in die intimeren Gemächer des Clubs berechtigte.

Ich nahm die Chance wahr und bat Tsung, dem guten Eugene Hsu meine besten Empfehlungen zu übermitteln, sobald er ihn im Familienkreis traf. Er vertraute mir milde lächelnd an, das würde schon am selben Abend der Fall sein, er pflege fast täglich die kleinen Sprößlinge Hsus zu besuchen, er habe sie in sein schon etwas müdes Herz geschlossen, und sie ihrerseits liebten ihn.

Daß ich den Alten unterschätzte, trotz aller Vorsicht, zeigte sich gleich darauf, denn er erkundigte sich mit harmlos-unbewegtem Gesicht, ob es etwa eine besondere Botschaft gäbe, die er überbringen könne.

Es wird Sie nicht überraschen, daß ich mir diese Chance nicht entgehen ließ. Beim Ergreifen sich bietender Chancen bin ich von Weltformat.

»In der Tat, jetzt wo wir über ihn sprechen, fällt mir ein, daß ich mich sehr gern einmal mit ihm unterhalten würde. Er könnte an einer Sache interessiert sein, die ich gerade bearbeite...«

Der Alte ließ nicht erkennen, ob er etwas Ähnliches erwartet hatte. Er überlegte ein paar Sekunden, dann griff er hinter sich und zauberte unter einem Stapel Zeitungen des Mutterlandes, vor allem bunten Blättern aus Shenzhen, ein Funktelefon hervor, ähnlich dem meinigen, nur teurer. Er tippte ein paar Zahlen ein, nach einer Weile sagte er: »Yueh-chin, Freude meiner alten Augen, wie geht es dir?«

Dann fragte er, wie es sich gehörte, auch noch das

Befinden von Frau und Kindern ab, ehe er zur Sache kam und Hsu mitteilte, ein gewisser Lim Tok habe ihm soeben einen wertvollen Dienst erwiesen, sei sein Gast und habe den Wunsch geäußert, mit ihm zu sprechen. Es dauerte nicht lange, da klappte er das Telefon wieder zusammen und teilte mir lächelnd mit: »Er erwartet Sie. Es wird ihm eine Ehre sein, Sie zu empfangen...«

Immer wenn ich mit solchen traditionsbewußten alten Leuten zu tun habe, wird es mir warm ums Herz: China, das ehrwürdige, großartige, lebt noch in ihnen. Selbst zwischen den Protzbauten Hongkongs haben sich die Tugenden der Ahnen, von denen auch meine Mutter zuweilen spricht, nicht verloren. Sie sind inmitten der Hektik dieser Goldgräberkolonie mit ihren lärmenden Autoschlangen, dem Gedröhn der landenden Flugzeuge, all der Hast, eine letzte Erinnerung an eine Zeit, die unweigerlich vergeht. Wenn ich mit Bobby Hsiang über so etwas spreche, pflichtet er mir bei. Pipi hingegen schimpft, ich solle mich nicht zum Konservativen entwickeln, es gäbe genug konservative Engländer und chinesische Nachahmer in der Kolonie. Ob sie das, was in ein paar Jahren kommt, mehr lieben wird als ein bißchen Nostalgie?

Weil ich einen hohen Scheck in der Tasche hatte, fuhr ich zuerst zur Bank und ließ ihn mir gutschreiben, bevor einer der zehntausend minderjährigen Taschendiebe ihn mir etwa noch wegzog. Ich war vorsichtig geworden, seitdem die von der Polizei lancierte Meldung in den Zeitungen gestanden hatte, nach der ich kurz vor ihrer Ermordung noch etwas von Mrs. Porteiras erhalten hätte. Auch jetzt beobachtete ich immer wieder die Autos hinter mir im Rückspiegel. Das tat ich dann auch auf dem Parkplatz des Ocean Centers, einem dieser riesigen Konsumpaläste Kowloons, von dem es hieß, hier kauften junge Damen, die eigentlich nur einen Lippenstift brauchten, einmal ins Gewühl der tausend Geschäfte gequirlt, gleich noch Schuhe, ein Brautkleid, Vogelfutter, einen Transistor, eine geräucherte Entenhälfte, plattgedrückt wie eine Brieftasche, Tigerbalsam, Ohrstecker mit falschen Brillanten und Bohnenquark mit Zimtaroma, bevor sie auch nur daran dachten, daß es da ja einen Ausgang gab. Niemand fuhr hinter mir durch die Schranke. Es schien, als sei ich noch ungefährdet.

Erst als ich unmittelbar vor dem Eingang angekommen war, wurde ich auf den Wahrsager aufmerksam, der da auf seiner Matte saß, den Becher mit den Stäbchen neben sich. Ein etwas befremdliches Bild bot er schon, vor diesem Palast aus Glas und Chrom.

Er gab sich als auf einem Auge erblindet aus, aber ich entdeckte, daß sein Glasauge in Wirklichkeit eine dieser Kontaktlinsen mit der grau verschleierten Pupille war, die man in einigen Läden für Scherzartikel, Kracher und Beerdigungsgeld auf dem Nachtbasar an der Temple Street und anderswo kaufen konnte, ebenso wie die erstaunlich kompakten Spielzeughandschellen, mit denen ich stets ausgerüstet war. Sie waren ebenso gut wie echte, vermutlich verkaufte sie die

Firma als Scherzartikel, weil sie an die Polizei nicht genügend davon absetzte.

Mit den trüben Kontaktlinsen hatte ich schon öfters Bekanntschaft gemacht. Ich hielt so etwas für einen pietätlosen Scherz, aber was tun Kaufleute und Gauner nicht alles, um Geld zu verdienen!

Der Wahrsager griff sofort nach seinem Stäbchenbecher, als ich neben ihm in die Knie ging. Ich bemerkte lakonisch: »Schöne Linse hast du da auf dem rechten Auge. Macht dich interessant.«

Während er mich anblickte, forderte ich ihn, auf die Stäbchen deutend, auf: »Na, mach schon!«

Er gab mir den Becher, ich schüttelte ihn, hielt ihn ganz leicht schräg, und nach einigem Gerassel fiel dann endlich eines der Stäbchen auf die Matte.

Der Wahrsager nahm es auf, unsicher, ob ich tatsächlich mein Glück auf die Probe stellen wollte, oder ob ich von irgendeiner Gewerbepolizei kam, um ihn hereinzulegen. Dabei hätte er gar keine Angst zu haben brauchen, denn er trug am Revers seines speckigen Jacketts eines dieser springenden Pferde aus Messing, von dem heute selbst die Polizeianwärter wußten, daß die Elektronikfirma Hsin Wu Chang in To Kwa Wan sie als getarnte Mikrofone für Kurzwellenübermittlung herstellte.

»Na und?« Ich grinste den Alten fröhlich an. Er widmete sich der Beschriftung des Stäbchens, und schließlich begann er herzubeten: »Etwas Geld ist zu erwarten, aber auch Freude ohne Geld, die Liebe wird belohnt, die Eltern sollte man gebührend ehren, und die weitere Zukunft ist in der eigenen Hand, wenn man viel wagt, kann man großen Gewinn machen...«

Ich stoppte ihn: »Gut. Ich gehe jetzt ins *Blue Moon*. Mit freundlicher Absicht, was man da drin über dein Messingpferd hoffentlich hört. Ich heiße Lim Tok...«

Damit gab ich ihm einen mittleren Geldschein. Er hielt die Hand über das getarnte Mikro und hauchte: »Danke für den hohen Lohn, Sir!«

Ich deutete auf den Parkplatz. »Siehst du den dunklen Toyota dort?«

»Ja, Sir.«

»Noch ein solcher Schein, wenn du ihn im Auge behältst. Wenn ich zurückkomme, will ich wissen, ob jemand daran gebastelt hat. Klar?«

Er nickte grinsend. Nun war ich mit ihm im Spiel. Seine Zähne konnten gut und gerne auch aus dem Laden für Scherzartikel stammen.

Um das Ocean Center herum herrschte das übliche Gewimmel, so daß unsere Unterhaltung überhaupt nicht auffiel. Wer interessiert sich auch schon am hellen Tag für jemanden, der einen Wahrsager konsultiert! Zu einer Zeit, da man Zutaten für die heimische Frühlingsrolle sucht oder Turnschuhe fürs Joggen! Drin im Labyrinth der tausend fein aufgemachten Geschäfte, die eigentlich weiter nichts waren als die moderne Weiterführung eines asiatischen Basars, ging ich an Armani-Shops vorbei. Musik aus dem Mutterland, die aus unerfindlichen Gründen modern geworden war, vielleicht weil ein Hongkonger Sponsor seinen

Neffen entdeckt hatte, der in Tschungking Saxophon spielte, plärrte mir die Ohren voll. Ein als Bambusbär kostümierter Kerl drückte mir einen Prospekt in die Hand, der mir ein Haarwuchsmittel empfahl *(auch für den intimen Körperbereich)*. Eine Fee in Mini-Shorts lud mich per Freiticket zur Open-Air-Show einer Band aus durchweg lesbischen Damen ein. Vom Titelblatt eines Pamphlets, das mir ein junger Mann zusteckte, erfuhr ich, daß Mao bestimmten Jungfrauen, die bei ihm debütierten, Gedichte geschrieben hatte – dies sei die Sammlung. Mit tiefschürfenden Einblicken in das Intimleben …

»Hallo«, begrüßte ich die Plastik-Wahine, die immer noch mit weit ausgebreiteten Armen unweit des Blue-Moon-Eingangs dem Eintretenden zulächelte, jetzt mit der Sprechblase ›Honolulu, Waikiki Beach, Hula Hula, Vulkane und schöne Frauen – buchen Sie jetzt nach Hawaii! Der Kurs des Dollars ermöglicht Minipreise!‹

Die beiden Sekretärinnen schienen auf mein Kommen gewartet zu haben. Die eine hob gar nicht den Kopf, als wüßte sie, daß ich kein Normalkunde war. Die andere lächelte noch süßer als die Plastik-Wahine.

»Guten Tag, Mister Lim Tok, Sie werden schon von Mister Hsu erwartet.«

Sie winkte mir einladend zu und öffnete mir dann die Tür zu Gene Hsus Allerheiligstem. Hier gab es nicht die traditionell chinesische Einrichtung, wie ich sie beim ehrwürdigen Familienpatron Tsung Da-hsien angetroffen hatte. Keine Golddrachen auf roter Seide, sondern moderne Tapeten, und keine unbequemen Lehnstühle, sondern bullige Clubsessel von der Sorte, wie sie sich Gewinner eines Pferderennens in Happy Valley sofort nach der Quotenauszahlung zulegen, als sichtbares Symbol neuen Reichtums für die Nachbarn.

Wir saßen noch nicht richtig, da erschien die lächelnde Sekretärin mit dem Tablett. Ein Whisky, auf sündhaft teurem Alaska-Eis, importiert von einer Kuriositätenfirma, und ein hohes Glas gelber Limonade für mich.

»Ich hoffe, Sie haben Ihre Trinkgewohnheiten nicht geändert«, vergewisserte sich Hsu.

Ich verneinte das selbstbewußt. Aber gleich nahm ich die Gelegenheit wahr, mich bei ihm für sein fürstliches Honorar zu bedanken, das er mir überwiesen hatte, nachdem ich in Tahiti für ihn tätig gewesen war. Er nickte geschmeichelt. Der betuchte Mann, der es sich als Ehre anrechnet, einem zu schweißtreibender Arbeit verpflichteten Privatermittler wie mir guten Lohn zu zahlen.

»Leben Sie immer noch auf der Dschunke?« erkundigte er sich, Konversation machend, wie er es wohl in seiner Jugend schon gelernt hatte, weil es unfein ist, bei einer solchen Zusammenkunft sogleich den Kern der Sache anzusteuern.

»Vor Aberdeen, ja«, bestätigte ich. Ich zeigte meine Zigarettenpackung, und er entschuldigte sich, daß er mein Laster vergessen hatte. Schob mir eine silberne Dose mit Davidoffs zu und bediente sich selbst. Griff nach seinem Whiskyglas, in dem das Import-Eis knisterte wie ein Gletscher in der Sonne. Ein Weltmann, der sich herabläßt und der alles vermeidet, was herablassend wirken könnte. In der Tat hatte es Eugene Hsu nicht nötig, überheblich aufzutreten, jeder, der mit ihm zu tun hatte, wußte von seinen Verbindungen, kannte seinen Einfluß und konnte Vermutungen über seine Bankkonten anstellen. Nun ja, im übrigen hatte wohl der Familienpatron ihn gebeten, zu mir freundlich zu sein.

»Ein schönes Leben, so auf dem Wasser...« sinnierte er und erzählte von Fahrten mit seiner seetüchtigen Yacht, von Abendstimmungen und gepeitschten Wellen, dem unbeschreiblichen Duft des freien Pazifik.

»Freilich ist da Aberdeen nur ein kümmerlicher Ersatz«, gestand ich. »Aber mir macht es Spaß. Früher haben nur die Ärmsten der Kolonie auf dem Wasser gehaust, jetzt ist es beinahe zur Mode geworden.« Eine Weile tauschten wir so Nichtigkeiten aus, bis ich das Gefühl hatte, es war alles gesagt, was die Höflichkeit erforderte. Ich täuschte mich nicht. Eugene Hsu ließ die Flüssigkeit in seinem Glas kreisen und das Eis klirren. Dabei erkundigte er sich: »Tsung Da-hsien ließ durchblicken, Sie hätten ihm einen guten Dienst erwiesen. Gibt es außer den freundschaftlichen Gefühlen, die ich für Sie empfinde, etwas, das ich für Sie tun kann?«

Ich fragte ihn, ob er gegenwärtig ein Geschäft laufen hätte, in das Indonesier als Partner verwickelt wären.

»Ich habe Interessen in Indonesien, wenn Sie das

meinen. Das bedingt laufende Verwicklungen in Geschäfte«, antwortete er. »Sie müssen schon deutlicher werden.«

Ich wurde. Schilderte ihm den Toten im Schauhaus und dann das Ding mit dem Lampenpfosten. Über Mrs. Porteiras sagte ich vorerst nichts. Er hörte sich das alles geduldig an. Schließlich fragte er zurück: »Sie wollen mir klarmachen, es hätte ein Indonesier versucht, Sie zu ermorden, nur weil Sie sich mit einer Klientin trafen?«

»Mit einer aus Indonesien.«

Er verzog die Mundwinkel nach unten. Eugene Hsu war ein Fuchs. Er verstand es, Leute irrezuführen. Aber ich hatte doch den Eindruck, daß er ehrlich war, als er schließlich den Kopf schüttelte, bedächtig einen Schluck Whisky nahm und dann sagte: »Das tut mir sehr leid, aber ich fürchte, ich habe da keinen Hinweis für Sie.«

Er bot wieder Zigaretten an, und als wir beide nachdenklich vor uns hinpafften, fügte er hinzu: »Kann mir auch nicht vorstellen, was da hinter dem Anschlag stecken könnte. Wissen Sie, wir kommen mit den Leuten aus Djakarta ganz gut aus. Viel besser als mit manchen aus Shenzhen oder Kanton. Hängt damit zusammen, daß die Geschäfte, die mich in Indonesien interessieren, meist von Kindern aus den Familien der Regierenden abgewickelt werden. Kultivierte Leute. Die verstehen sich auf geräuschloses Vorgehen. Sehr angenehme Partner.«

Es knackte in der Sprechanlage auf seinem Schreibtisch. Er erhob sich und betätigte einen Knopf. Da kam eine Frauenstimme, die vermutlich einer der Sekretärinnen draußen gehörte: »Mister Hsu, unser Türmann meldet, daß sich jemand am Auto Ihres Gastes zu schaffen macht. Ich habe die Kamera im ersten Stock auf die Stelle des Parkplatzes gerichtet. Wenn Sie bitte den Monitor einschalten …«

Er ließ den Knopf los und drückte einen anderen. Auf einem in ein Wandpaneel eingebauten Monitor erschien mein Toyota. Die Kamera fuhr so nahe heran, daß ich den Mann erkennen konnte, der da die Motorhaube hochklappte und etwas in den Motorraum hineinpraktizierte. Er war nicht mehr so sehr jung, aber er wirkte flott, ein Chinese mit einem verhältnismäßig dichten Strichschnurrbart, wie ihn laotische Banditen gern tragen, oder thailändische Zuhälter. Unbekanntes Gesicht. Auch Eugene Hsu kannte ihn nicht. Er sagte: »Ich vermute, das ist eine Sprengladung. Sieht nach einer Portion Semtex aus. Unangenehmes Zeug.« Er drehte sich zu mir um. »Hochnehmen?«

Ich überlegte. Vielleicht war es besser, wenn man den Mann erst einmal glauben ließ, er habe seinen Job unentdeckt getan. Von den Sicherheitskameras in Eugene Hsus Buchhaltung im oberen Stockwerk hatte er wohl keine Ahnung.

»Zugzünder, wie es scheint«, machte mich Hsu aufmerksam. Die Kamera war ganz auf Nähe gefahren, man sah, wie der Mann die Motorhaube sehr weit heruntersacken ließ und dann in den Aussparungen an der Innenseite eine Schnur befestigte. Nicht beim Starten sollte der Sprengstoff hochgehen, sondern wenn ich, wohl, weil das Startkabel unterbrochen war, die Haube öffnete, um nachzusehen. Da sollten mir Motor und Getriebe um die Ohren fliegen. Ein Spezialist.

Eugene Hsu nickte. »Der weiß, was er macht.«

Er sah mich fragend an. »Entscheiden Sie sich.«

Ich hielt es für besser, den Mann nicht gleich hochzunehmen. Vielleicht führte er mich zu seinem Auftraggeber, denn er selbst hatte wohl kaum Interesse daran, mich in Fetzen zu zerlegen.

Eugene Hsu nahm meinen Wunsch zur Kenntnis und betätigte wieder einen der Knöpfe an seiner Sprechanlage, die ungefähr die Ausmaße eines Funkgerätes hatte. Gleichmütig gab er jemandem, den ich nicht kannte, den Auftrag: »Ich möchte wissen, wer der Mann ist, wo er sich aufzuhalten pflegt und wer ihn bezahlt. Wenn er fertig ist und verschwindet, baut das Ding wieder ab und meldet mir, daß der Wagen fahrbereit ist.«

Er knipste den Schirm aus, riet mir, mich nicht aufzuregen, und dann geleitete er mich zu meinem Sessel zurück, aus dem ich aufgestanden war, um den Vorgang auf dem Monitor besser verfolgen zu können. Erneut ließ er Eis in sein Glas fallen und goß eine sparsame Portion Whisky darüber. Für mich brachte die Sekretärin eine neue, sehr kühle Limonade.

»Kein Grund zu Besorgnis«, versuchte Hsu mich zu beruhigen. »Aber Sie scheinen da ein paar gefährliche

Leute zu Freunden zu haben!« Er lachte über seinen Scherz. »Nun, wir werden bald wissen, um wen es sich handelt. Sie haben wirklich keine Ahnung?«

»Nie gesehen, diesen Mann. Außerdem stecke ich gar nicht in einem so heißen Fall.«

Er grinste. »Was Sie da vorhin erzählten, war nicht gerade eine Lappalie. Abgesehen davon, daß wir keinen Streit mit ihnen haben, sind indonesische Gangs ziemlich unangenehm. Man unterschätzt sie oft.«

Eine Viertelstunde später brachte ein junger Mann, der eine Schlossercombi trug, mit dem Aufdruck *Victoria Inc.* auf einem Tablett etwas, das wie eine graugewordene chinesische Wurst aussah. Dazu eine kleine Kapsel aus verchromtem Metall, aus der die Zugschnur hing. Eugene Hsu forderte ihn auf, mir die Sache zu erklären, und er eröffnete mir recht sachlich: »Semtex, um den Motorblock gelegt, etwa ein halbes Kilo, Sofortzünder, Zugauslösung. Die Menge hätte gereicht, um den Motorraum völlig zu zerkleinern. Wer die Haube öffnete, hätte nicht überlebt.«

Damit stellte er das Tablett auf Hsus Schreibtisch und blickte seinen Chef erwartungsvoll an.

Der erkundigte sich beiläufig: »Fährt das Ding wieder?«

»Einwandfrei, bis auf die Ventile, die sollten mal nachgeschliffen werden.«

»Danke«, sagte ich. Der junge Mann verschwand.

Eugene Hsu meinte gelangweilt: »Mit Autos hat man dauernd Scherereien. Ich weiß nicht, was heute mit mir los ist, ich habe nicht die rechte Lust zum Arbeiten...«

Er gähnte und streckte sich. Ich vermutete: »Vielleicht ist es der Whisky.«

Er warf mir einen mitleidigen Blick zu. »Wußte nicht, daß Sie zu den Abstinenzlern tendieren. Hüten Sie sich, Sie landen im politischen Extremismus. Entweder bei den Roten oder bei den englischen Kämpfern für Demokratie und Aufrechterhaltung von Ordnung und Sicherheit. Können Sie den Sprengstoff gebrauchen?«

Ich kannte das Zeug. Teuflische Erfindung. Man konnte es mit dem Hammer bearbeiten, es würde nicht explodieren. Aber wenn man es mit einer Sprengkapsel hochgehen ließ, richtete es Chaos an. Eigentlich arbeitete in der Kolonie keine Gang mit der Knetmasse.

»Eben«, sagte Hsu, »das heißt, die Leute, die Ihnen an die Kullerchen wollen, sind von auswärts. Überlegen Sie mal...«

Es blieb niemand übrig, als diese indonesische Gang, mit der ich es wegen der Leiche in Mong Kok zu tun gekriegt hatte.

Wenn das überhaupt eine Gang war. In was hatte mich dieser alberne Kameraschwenker da nur hineingezogen! »Vermutlich in ein dickes Geschäft, das Sie stören«, äußerte Hsu, »sonst wären die Kerle nicht so bissig.«

Ich hinterließ meine Funktelefonnummer, und er versprach, sogleich anzurufen, wenn es Erkenntnisse über den Unbekannten gab. Dann versicherte er mir nochmals, er habe seit dem Besuch seiner Schwiegermutter anläßlich des Frühlingsfestes keine so große Freude mehr über einen Gast gehabt wie über mich. Dabei machte der Schurke ein Gesicht, als meine er das wirklich.

Ich verzichtete meinerseits auf übertriebene Höflichkeitsformeln und beließ es bei einem Dank für die Limonade. Er bat mich, gelegentlich wieder einmal auf einen Plausch vorbeizukommen.

Draußen schmiß ich dem Wahrsager den versprochenen Geldschein in seine Sammelbüchse. Er blickte mich mit dem einen Auge freundlich an. Spulte seine Danklitanei ab, ohne ein Wort von seiner Beobachtung zu erwähnen, und dann hielt er mir eine Schale mit Glückskuchen hin, die er offenbar auch im Angebot hatte.

»Nehmen Sie den da, der ist schön knusprig gebakken...«

Er deutete auf ein leicht gebräuntes Exemplar, und weil er mich aus seinem einen Auge so seltsam drängend ansah, folgte ich seiner Bitte.

Glückskuchen sind für die Chinesen weniger ein Gebäck, sie sind eine der tausend traditionellen Gewohnheiten. Eine Institution. Sie sind auch nicht eigentlich Kuchen, eher eine Art Plätzchen, kleine, zu Rollen oder zu Hörnchen geformte Backwaren, deren Geschmack niemanden interessiert. Nein, wichtig ist ein kleiner, mit einem Spruch bedruckter Zettel, der sich im Inneren findet. Man entfaltet ihn und freut sich an solchen Weisheiten wie *Ein Mensch der wahrhaft gütig ist, hat keine Feinde* oder *Wer das Meer gesehen hat, denkt anders über die kleinen Gewässer*. Auf dem Zettel, den ich herauskramte, stand kein kluger Spruch, sondern die mit Tintenroller hingeschriebene Botschaft: *Geh in die Walled City, frage den Künstler Mok Thong Chok nach dem Goldfischer, er war an deinem Auto*. Ein bißchen viel Text für einen Glückskuchen, noch dazu einen geschenkten. Wie der Stäbchenweissager das Papier überhaupt in den fertigen Kuchen hineinpraktiziert hatte, würde sein Geheimnis bleiben. Aber darüber zerbrach ich mir jetzt nicht den Kopf, Hongkong hatte viele Rätsel, zu bedauern war der, der sie alle lösen wollte.

Ich sah, daß der Wahrsager wieder die Hand vor das Messingpferdchen hielt, um das Mikrofon abzudecken. Er wollte mir noch etwas mitteilen und legte keinen Wert darauf, daß man es drinnen, bei Eugene Hsu mithörte.

»Geh beim Kastanienröster in die Walled City hinein. Kürzester Weg zu Mok Thong Chok. Zeig ihm den Zettel, er wird dich weisen.«

Ich überlegte es mir und ließ noch einen weiteren zusammengefalteten Dollarschein in seine Büchse fallen, schob den Glückskuchen in den Mund und deponierte den Zettel unauffällig in meiner Tasche. Wider Erwarten war der Kuchen sogar eßbar.

»Danke!« rief der Wahrsager, nahm die Hand vom Mikrofon und wiederholte: »Ich danke sehr viele Male für die großherzige Spende, Sir. Mögen die Götter Sie auf Ihrem Wege begleiten!«

Hand aufs Mikro, und er murmelte noch: »Aber ein Schießeisen wird nützlich sein, in der Gegend dort.«

Ich kontrollierte das Handschuhfach in meinem Toyota. Die Magnum war noch da. Auch die Patronen in der Seitentasche. Diesmal ging ich kein Risiko ein, ich steckte die Trommel voll und quetschte mir das Ding zwischen Bauch und Hosenbund. Das lose herabhängende Hemd, bedruckt mit bunten Kofferschildern von etwa zweihundert Hotels in aller Welt, verbarg es.

Walled City, da ist Hongkong etwas anders als es in den Reiseprospekten zu finden ist.

Sie werden davon bei den modernen Touristenbörsen kaum etwas hören, und wenn Sie in Kai Tak ankommend, Ihren Reiseführer fragen, wird er bedauernd die Schultern hochziehen und *Sorry* sagen. Die Hongkonger Schlipsträger und Nadelstreifenbubies genieren sich, wenn nur der Name fällt.

Sie geben vor, nichts dergleichen zu kennen. Glauben Sie mir, die Kerle lügen. Obgleich es in den letzten Jahren nicht an offiziellen Bemühungen gefehlt hat, den *letzten Schandfleck Hongkongs* auszulöschen, durch Abbruchmaschinen. Gelungen ist das nicht. Nur Teile des Komplexes sind tatsächlich beseitigt worden, und die Grundstückshaie bauen jetzt dort Hochhäuser.

Walled City, wenn man es wörtlich nimmt, eine ummauerte Stadt, liegt gleich gegenüber von Kai Tak, dem Weltflughafen mit dem halsbrecherischen Anflug und dem langweiligsten Gepäckausladern ganz Asiens. Es genießt auch den einschlägigen Lärm rund um die Uhr. Normale Menschen würden dort ihr Gehör einbüßen.

Stadt ist nicht ganz der richtige Ausdruck für die Gegend. Auch ummauert stimmt nur noch bedingt. Es ist ein uraltes Slumviertel, das früher einmal, als ich noch Streife ging, von einer Mauer umgeben war. Jetzt existieren von dieser Mauer nur noch Reste, und die Abbruchfirmen lauern auf ihre nächste Chance.

Von dem, was dieser verkommene Slum Kowloons einmal war, steht nur noch ein Teil, und es gibt Leute, die würden selbst den noch am liebsten sofort abreißen. Aber das scheitert an der chinesischen Trägheit. Und der Rücksicht auf Wähler. Es ergeben sich auch Schwierigkeiten mit Eigentumsansprüchen, die eingelöst werden müßten. Sogar aus dem Mutterland sollen welche geltend gemacht werden. Dort gibt es Leute, die sind der Ansicht, Walled City habe überhaupt nie den Engländern gehört, man habe es als Siedlungsgebiet für die ärmsten Chinesen aus der britischen Kolonie ausgespart, als das damals begann. Wie dem auch sei, die Engländer waren ganz froh, daß die Bewohner selbst eine Mauer gezogen hatten. Für Hongkong war Walled City nicht mehr vorzeigbar. Denken heute die meisten Amtspersonen. Die in WC lebenden Chinesen denken anders. Der Arme ekelt sich nicht vor seiner eigenen Armut, er versucht, damit zu leben. Vielleicht kommt ja doch alles einmal besser. Und man kann selbst einiges dazu tun, daß man besser lebt. In

Grenzen. Und nicht selten kriminell. Also gibt es in diesem Durcheinander von aneinander, übereinander und nebeneinander gebauten Schlafkojen, Küchen, Aborten, Wohnräumen, Stunden*hotels*, Werkstätten und Läden, gegen das ein Labyrinth eine übersichtliche Parklandschaft ist, nicht nur eine Menge alte Leute, plärrende Kinder, schwangere oder schon stillende Mütter, es gibt auch Handwerker aller Art, es wird Bier verkauft und Reis, man kann Gummilatschen repariert bekommen oder neue erstehen – ich gebe es auf, Ihnen zu schildern, was hier vorgeht. Hier lebt ein Stück der ältesten chinesischen Gesellschaft weiter, ein Wunder, daß die Männer nicht noch Zöpfe tragen. Ohne Kaiser geht das da vor sich. Ohne Interesse für den britischen Gouverneur. Dieses Uralt-China überlebt einfach. Ist nicht totzukriegen, obwohl die ganze Gegend so gut wie nicht kanalisiert ist, von Ratten wimmelt, und die Honigschöpfer, wie man die Exkrementeausräumer nennt, wie zu Zeiten der Ching-Dynastie am Morgen die *Erde der Nacht* einsammeln, obwohl Kondenswasser von allen Wänden läuft, wie in einem Betonbunker, und die Abwässer der vielen tausend Bewohner einem andauernd um die Füße plätschern, weil sie einfach die Gehwege entlangrinnen, in denen es in der Mitte stets eine praktische Vertiefung gibt, um den Durchfluß irgendwohin zu sichern. Dazu ein unbeschreiblicher Gestank. Ein Gemisch aus Fäkalien, Kochdunst und den Dämpfen, die von den verschiedensten Handwerkern erzeugt werden. Holz und Leim, Farbe und toter Fisch, Karbid und gefälschtes Chanel-Parfüm, Apothekenkräuter und frisches Hundefleisch (das sonstwo verboten ist!). Und in das Geschrei der Kinder, der Händler, der keifenden Mütter, das Geratter unzähliger kleiner Maschinen, das Gekreisch der Sägen bei den Sargtischlern und das schmetternde Getöse der Fischverkäufer, wenn sie Karpfen köpfen, mischt sich das Gedudel von etwa zweitausendfünfhundert Radios, die ununterbrochen die verschiedensten Sender zu Worte kommen lassen. Oder zu Tönen.

Man kann in Walled City leben, aber selbst wenn man überraschend Millionär würde und hinüber nach Victoria zöge, auf den Peak – den Geruch, den Geschmack der Luft, den Lärm, alles da, was Walled City oberflächlich ausmacht, diese muffige Gruft, wird man nicht mehr los. Er ist nachts da, wenn man aus dem Schlaf fährt, selbst wenn die Dame, die neben einem liegt, *Sarabande* aufgelegt hat.

Und das ist nur die Oberfläche!

Zu sagen, das, was von diesem Labyrinth Walled City heute noch steht, ist ein Reservat von Kriminellen, die Heimat aller Hongkonger Gangs, ist ebenso unrichtig wie die Behauptung, ganz Wanchai oder die berühmten Nebengassen der Nathan Road seien lediglich von Liebesdienerinnen besiedelt. Nein, es gibt in Walled City neben dem Bodensatz durchaus ehrliche, in Armut anständig und gesittet lebende Leute. Sie hatten lediglich das Pech, arm nach Hongkong zu kommen oder hier geboren zu werden, ärmer noch als jene, die auf dem Wasser wohnen, und sie brachten es nicht fertig, in ihrem Arbeitsleben zu einem vernünftigen Auskommen aufzusteigen, geschweige denn zu Wohlstand. So arbeiten sie an jedem Tag für den nächsten, weiter reicht ihre Perspektive nicht. Trotzdem sind sie achtenswerte Menschen, wenngleich ihre Hosen Löcher und Risse zeigen, die nicht von der Art sind, wie sie in Modeschneidereien absichtlich angebracht werden.

Der Kastanienbrater an dem Zugang, den mir der Wahrsager beschrieben hatte, war so ein Typ. Er trug schwarzes Kaliko, die Uralt-Uniform der kantonesischen Zuwanderer, hatte eine einstmals weiße Schürze umgebunden mit der Beschriftung *MS Jailhouse*, und trug auf dem Bürstenhaar eine amerikanische Matrosenkappe. Flinke Äuglein musterten mich, als ich mir eine Handvoll Maroni kaufte und zu knabbern begann. Bleibt man bei einem solchen einsamen Händler stehen, anstatt weiterzugehen und dabei das Gekaufte zu verzehren, dann nimmt er das als indirekte Aufforderung für ein Gespräch, und das kommt ihm meist sogar gelegen, denn es ist nicht gerade unterhaltsam, den ganzen Tag allein hinter so einem Grill zu stehen und mit den Fingern Knöllchen zu wälzen, damit sie schön gleichmäßig rösten. Also erzählten wir uns was über den Smog im Tunnel, über die letzte Bruchlandung einer Brunei-Air-Maschine auf dem Flughafen Kai Tak, über den Lärmpegel auf den Straßen, der selbst den an laute Geräusche gewöhnten Chinesen langsam anfängt, die Lust am Leben auf der Straße zu verleiden, zumal der Gestank der Abgase immer übler wird. Wir sprachen über die Schwierigkeiten, eine der Hochhauswohnungen zu bekommen, ohne daß man dafür die linke Brustwarze als Korruptionsgabe verliert, und darüber, daß die Mädchen in den offiziell illegalen, aber trotzdem florierenden Hurenhäusern an der Wasserfront zu bedauern sind, wenn die japanischen Reisegruppen bei ihnen durchhüpfen, Höchstgebot hundert US-Dollar, und dann winkt dauernd der Chauffeur vom Bus, sie sollen sich beeilen. Es geht doch nichts über ein paar hundert Matrosen von einem amerikanischen Flugzeugträger, meinte der Maronibrater, aber diese goldenen Zeiten sind wohl vorbei.

Die kleinen Leute in unserem Touristenparadies haben so ihre eigenen Sorgen. Bevor wir anfingen, Kochrezepturen auszutauschen, fragte ich nach dem Kunsthändler und Künstler Mok Thong Chok, dessen Namen mir der Wahrsager in seinem Glückskeks zugesteckt hatte.

»Mok Thong Chok, ja!« Das Gesicht des Maronibraters strahlte. Umständlich beschrieb er mir den Weg zu dem Laden samt Werkstatt und warnte mich vor verschiedenen illegalen Pissoirs, die ich lieber umgehen sollte, sowie vor einer alten Dame, die dafür berüchtigt war, daß sie bedenkenlos, während sie mit geschlossenen Augen döste, aus dem Eingang ihres Wasserladens Betelsaft auf die Gehspur zu spucken pflegte, egal, ob da gerade einer vorbeikam oder nicht.

»Sehr guter Freund von mir, der Künstler. Hat

schlechte Zähne, deshalb bereite ich für ihn öfters geriebene Maroni, noch warm, mit einem Löffel Creme drüber. Feinschmecker, trotzdem. Wollen Sie ein Teeservice aus echtem Kiangsu-Ton kaufen? Hat er da. Oder die flott gemalten Pferde von Chü Bai-hung, auf Porzellan, Bambus, auf Notizbüchern, auch auf T-Shirts...«

Er hätte mir noch eine Menge erzählt, aber ich wollte zur Sache kommen. Deshalb machte ich mich auf den Weg durch den Höllenschlund in das Durcheinander von Eingängen zu beiden Seiten schmaler, finsterer Gehwege, vorbei an Nudelhändlern, die ihre Ware wie Girlanden zum Trocknen aufgehängt hatten, an Vogelverkäufern und Grillenhaltern, aus deren Kabuffs Zwitschern und Zirpen drang, an Lotterieleuten, Schustern und Hosenschneidern. Da hämmerte es, sägte es, Wasserkessel pfiffen, Kinder quäkten, Mütter klopften Wäsche, Schneider rollten Tuch von Ballen – bis ich dann endlich vor dem Laden stand, den der Kastanienröster mir beschrieben hatte: Möbel aus der alten Zeit, Figuren von Buddha bis Shiwa, Wandbehänge und Rollbilder, Cloisonné-Vasen und Tuschgarnituren, stilecht, mit den goldverzierten schwarzen Farbsteinen. Das Auge konnte kaum erfassen, was hier auf engem Raum alles an Wertvollem oder wenigstens Kuriosem zusammengetragen war. Und selbst ein Spezialist hätte seine liebe Not gehabt, bei jedem Stück zu sagen, ob es echt oder gefälscht war. Kenner der Szene haben herausgefunden, daß es echte Stücke fast nur noch als Muster für das gekonnte

Nachmachen gibt. Aber das sind einheimische Kenner. Auf den Börsen in Europa oder Amerika, habe ich mir sagen lassen, stellen immer noch hochbezahlte Fachleute Gutachten über mehrere tausend Jahre alte Dinge aus, die in Wirklichkeit schon von Lehrlingen hergestellt wurden. Gekonnt eben.

Mok Thong Chok war kein Lehrling mehr. Der leicht ergraute Mann, der etwas füllig wirkte, und dessen Blick abschätzend kühl auf mir ruhte, als ich mein Sprüchlein aufsagte, ihm den Zettel aus dem Glückskuchen zeigte, war gerade dabei, auf einem Brett kugelig geformte Klumpen, die aus Lehm oder gefärbtem Gips zu bestehen schienen, mit einer dunklen Flüssigkeit zu behandeln. Er benutzte dazu eine Hühnerfeder, keinen Pinsel, und er verrichtete diese Arbeit, ohne mir zunächst Antwort zu geben. Ich tat das, was man als Jüngerer in solchen Fällen tut, ich schwieg respektvoll. Bis er schließlich bemerkte: »Ich muß nur diese Dino-Eier präparieren, bevor sie in den Ofen kommen, Geduld bitte, nur einen Augenblick noch...«

Ich horchte auf. »Was für Eier sind das?«

Er sah zu mir herüber. »Dinosaurier. Das größte aller Tiere, die jemals die Erde bevölkert haben. Lebte im Mesozoikum. Falls Sie da in der Schule gerade gefehlt haben, das ist das sogenannte Mittelalter dieses Planeten gewesen. Vor hundertfünfzig und mehr Millionen Jahren. Zusammen mit einer Menge ähnlicher Monster. Wußten Sie nicht, daß die jetzt modern sind?«

»Und Sie brüten die Eier aus?« stellte ich mich naiv. Ich weiß nicht, ob er mir das abnahm, aber er blieb höflich. Redete wie ein Heilkundiger zu einem Patienten, als er mir auseinandersetzte: »Mister Lim Tok, Sie haben sicher schon gehört, daß sich im Handel das Angebot der Nachfrage anpaßt. Im Augenblick liebt die ganze zivilisierte Welt des Westens diese Saurier, weil ein paar Werbeleute damit angefangen haben, sie abzubilden und den Leuten einzureden, sie wären interessant. Die Kinder nehmen sogar kleine Nachbildungen davon mit ins Bett. Und die Wissenschaftler dürfen da nicht nachstehen, wenn die Konjunktur schon einmal boomt. Sie entdecken in tiefen Bodenschichten die Eier dieser Tiere. Museen kaufen sie für viel Geld an. Nun – wir stellen sie her. Ich backe sie für eine Firma in Wuhan. Dort werden sie gefunden, und von dort verkauft man sie dann nach Europa, Amerika, bis jedes Museum ein paar davon hat. Gutes Geschäft. Haben Sie nie davon gehört?«

Ich beeilte mich: »Doch, doch! Ich wußte nur nicht, wie sie entstehen.«

Er lächelte milde. »Es ist wie mit den Rolex-Uhren. Man muß eben wissen, worauf es ankommt... Was war es, das ich für Sie tun könnte?«

Ich erwähnte nochmals den Wahrsager am Ocean Terminal, und der Künstler nickte. Guter alter Freund, wie es schien, einer, der von ihm kam, war mit einer exzellenten Empfehlung versehen.

Als Mok Thong Chok den Namen *Goldfischer* hörte, zog er die Augenbrauen hoch und schwieg. Ich zeigte ihm den Zettel aus dem Glückskuchen nochmals, wo der Name stand, aber er schwieg trotzdem längere Zeit, bevor er dann endlich fragte: »Wissen Sie, mit wem Sie sich da einlassen?«

Ich ahnte es und sagte ihm, was der Mann an meinem Auto versucht hatte. Er hörte es ohne Überraschung. Als er alle Dino-Eier eingepinselt hatte, schob er das Brett mit ihnen in einen merkwürdig modern wirkenden elektrischen Brennofen, wie er auch bei der Herstellung von Tonwaren verwendet wird, und dann wusch er sich gewissenhaft die Hände in einem geblümten Emaillebecken, stellte eine Zeituhr, und zuletzt lehnte er sich mir gegenüber an einen Pfosten, der die Decke des Raumes abstützte.

»Ich verstehe«, sagte er. »Sie jagen diesen Mann?«

»Ich will ihn fragen, warum er einen Anschlag auf mich verübt hat, und in wessen Auftrag.«

Der Künstler nickte. Das sollte heißen, ist schon gut, ich glaube sowieso kein Wort, aber meinetwegen tu, was du magst. »Ich bin untröstlich, daß ich einem Freund meines Freundes noch keinen Tee angeboten habe – bitte, verstehen Sie, ich bin heute allein im Laden und in der Werkstatt... Goldfischer hat hier gewohnt. Nicht weit von mir. Hat mir gelegentlich ausgeholfen. Kennen Sie die Austin Road, Mister Lim Tok?«

Ich kannte sie. Geht von der Nathan Road ab und führt zum Tunnel nach Victoria. Mok Thong Chok gab mir eine Adresse, und dazu teilte er mir etwas sehr Interessantes mit. »Er ging von hier weg, weil er anderswo eine bessere Chance bekommen hatte. Es handelt sich um Dienstleistungen für einen Ausländer, mehr hat er darüber nicht gesagt. Nur daß sein Einkommen besser sein wird und er jetzt eben in dieser Pension wohnen kann. Jade Garden...«

Er lächelte, als er das sagte.

»Ist er Mitglied einer der hiesigen Vereinigungen?« spielte ich auf die Triaden an.

Mok Thong Chok wiegte leicht den Graukopf. »Nicht daß ich wüßte. Wenn Sie mir die Indiskretion verzeihen, Mister, ich glaube, dafür war er nicht verläßlich genug. Jedenfalls machte ich mit ihm diese Erfahrung. Möge mir die üble Nachrede verziehen werden...«

Er nahm nicht einmal einen Dollar für die Auskunft, im Gegenteil, er entschuldigte sich, daß er mir keinen größeren Dienst hatte erweisen können.

Auf dem Rückweg durch die dunklen, stinkenden Gassen, in die nie Tageslicht fiel, fing ich mit dem linken Hosenbein doch noch einen Strahl roten Betelsaft ein, den die alte Wasserverkäuferin im hohen Bogen aus ihrem Kabuff auf die Gasse spie. Ich unterließ es, ihr zu einem Spucknapf zu raten.

Das Jade Garden lag nicht weit vom Kricketgelände entfernt, auf dem selbst britische Prinzen schon das Holz geschwungen hatten. Eine der tausend winzigen Herbergen in einem chinesisch gebauten Haus, die Gäste für einen tragbaren Preis aufnahm. Eine Stunde lang, einen Tag, einen Monat.

Ich stellte gerade auf dem Luxusparkplatz des Krikketgrundes den Motor meines Toyotas ab und wollte die Sonnenblende mit dem fast immer funktionierenden Schild *Presse* herunterklappen, als mein Funktelefon jammerte.

Bobby Hsiang knurrte mich an: »Wo bist du? Schon am Jade Garden?«

Ich fragte verblüfft zurück: »Woher weißt du ...?«

Er schnitt mir das Wort ab: »Setz dich in Bewegung, hierher. Queen Elizabeth Hospital.«

Ich ahnte Schlimmes, und er bestätigte es. »Du brauchst im Jade Garden nicht mehr zu suchen, wir haben den Kerl hier. Also – es eilt!«

Ich flitzte die Austin Road hinunter zur Hong Chong, ohne Rücksicht auf den Verkehr zu nehmen. Verursachte ein wütendes Hupkonzert, sah geschwungene Fäuste und entrüstete Gesichter, aber ich war in Rekordzeit in der Röhre und zischte auf der Victoria-Seite ungehemmt in ähnlichem Tempo weiter. Wenn an meinem Toyota auch manches klapperte und einiges rostbedeckt war – an Schnelligkeit konnte es so leicht keiner mit ihm aufnehmen. Trotz der klimpernden Ventile! Ich hoffte nur, daß keiner der faul an den Kreuzungen herumlungernden Verkehrshüter wach genug war, meine Nummer zu notieren. Bobby Hsiang würde mich jedenfalls nicht mehr heraushauen, er hatte das schon zu oft tun müssen.

Die Posten am Queen Elizabeth winkten mich durch. Vorn, wo die Personalien der Unfallpatienten registriert wurden, konnte ich Bobby Hsiang sehen.

Er führte einen jungen Mann ab, dessen Hände in Handschellen auf dem Rücken lagen.

Ein schmales Bürschchen, dessen Blick flink hin und her huschte, dahinter war Angst. Ich hielt mich im Hintergrund. Wie immer die Sache ausging – es zahlte sich meist aus, wenn Verhaftete einen nicht im Zusammenhang mit der Polizei sahen, denn eines Tages mußte die Polizei sie meist wieder freilassen, und wenn sie tatsächlich Gauner waren, dann vergaßen sie kein Gesicht eines Mannes, den sie mit der Polizei zusammen gesehen hatten.

Anstatt Bobby anzusprechen, erkundigte ich mich schnell bei einem seiner Mitarbeiter, der mich kannte, was passiert sei. Er murmelte was von einem Überfall auf eine Patientin, der aber fehlgeschlagen sei, weil einem Posten vor der Zimmertür der Bursche im Arztkittel aufgefallen war – er trug dreckige Turnschuhe, die kein Hongkonger Krankenhausarzt jemals tragen würde, was immer man gegen diesen Berufsstand auch sagen möchte, besonders über diejenigen seiner Angehörigen, die im Queen Elizabeth beschäftigt waren.

Bobby hatte mich natürlich auch gesehen, ohne sich das zunächst anmerken zu lassen. Jetzt, nachdem er offenbar das Turnschuh-Doktorimitat in sein Ralleyefahrzeug gesteckt hatte, kam er in die Halle zurück und winkte mich zu sich.

»Du weißt mehr über ihn?«

Mißtrauisch geworden, erkundigte ich mich: »Wie kommst du darauf? Seit wann kenne ich jeden kleinen Ganoven, der in ein Hospital eindringt? Vielleicht wollte er Morphium klauen!«

Als Privatermittler hat man seine Prinzipien, von denen nicht selten der gute Ruf abhängt, den man in Geschäftskreisen genießt. Aber in diesem Falle hatte ich strenggenommen keinen Auftraggeber, dem gegenüber ich zum Schweigen verpflichtet gewesen wäre. Und die Freundschaft zu einem Polizisten ist mindestens so wichtig wie die zu einem Sin Fung der 314. Als Bobby mich nun ermahnte, ihn nicht für völlig hinter den Bergen im Loch hockend zu betrachten, entschloß ich mich, es ihm gefiltert zu geben.

Ich erzählte ihm die Sache mit dem Sprengstoff, und daß ich den Namen des Täters herausbekommen hatte, allerdings nicht das Motiv.

»Das wußte ich auch schon«, quittierte Bobby Hsiang meine Offenheit.

»Von wem?«

»Manchmal ist auch ein reicher Mann wie Mister Hsu interessiert, mit uns ein gutes Verhältnis zu haben«, deutete er an.

»Warst du in seinem Bau?«

»In dem von Gene Hsu?«

»Himmel!« schimpfte Bobby. »Kann man denn mit dir nicht normal reden?«

Man konnte, und ich war wohl gut beraten, es ihm zu beweisen. Also sagte ich: »Ich war in der Walled City. Der Junge wohnte dort. Die neue Adresse ist die Pension Jade Garden. Beim Kricketplatz in Kowloon ...«

»Das wissen wir bereits aus seinem Führerschein. Hast du was gefunden?«

»Ich war gar nicht drin. Dein Anruf erwischte mich, bevor ich die Hand am Türgriff hatte.«

Er nahm die Mütze ab und wischte sich, wie kultivierte Leute aus England, die hier Dienst machen müssen, das auch tun, mit einem sauber gefalteten Taschentuch den Schweiß von der Stirn. Hongkongs Royal Police hat Stil, da kann man auf sie schimpfen, soviel man will! »Willst du mitkommen? Ich muß kontrollieren, ob da noch mehr Semtex liegt...«

Ich wehrte erschrocken ab. Mein Hosenbein war noch naß vom Betelsaft, und der Gruftgeruch hing mir in der Nase. Dazu fehlte gerade noch, daß ich mich mit der Polizei zusammen im Quartier dieses Kerls sehen ließ, das ganz sicher beobachtet wurde.

»Danke«, sagte ich zu Bobby. »Nicht mehr interessiert. Der Mann sitzt ja jetzt sicher. Werde mir überlegen, ob ich Anzeige gegen ihn erstatte.«

Bobby knurrte nur mißmutig. Als ich ihn darum bat, Mrs. Porteiras besuchen zu dürfen, teilte er mir spitz mit: »Mrs. Porteiras ist auf eigenen Wunsch entlassen worden. Die Polizei ist nicht informiert, wo sie sich aufhalten will. Auf eine Anzeige gegen den jungen Mann hat sie zwar verzichtet, wir werden ihn aber trotzdem belangen. Hausfriedensbruch mit besonders gefährlichem Hintergrund. Du willst wirklich nicht mit nach Kowloon?«

Ich schüttelte den Kopf. Bobby murmelte noch etwas, aber das wurde vom Krach verschluckt, den eine Boeing verursachte, die gerade Kai Tak anflog.

Was sollte nur aus unseren Ohren werden, wenn einmal die Mutterländler einen noch größeren Flughafen mit noch größeren Maschinen hier bauten, nachdem sie Hongkong vereinnahmt hatten? Am besten lief man mit Kopfhörern herum, wie die Kerle, die etwas verspätet den Walkman entdeckt hatten, und die am liebsten die illegal kopierten Kassetten mit Barmusik aus ungefähr hundert Hongkonger Nachtkneipen hörten. Am frühen Nachmittag rief mich Gene Hsu an.

Ich saß in dem Kabuff, das der Bewährungshelfer Wu und ich uns teilten, und ich tröstete den jungen, etwas unpraktisch veranlagten Mann gerade darüber hinweg, daß ein kleiner Einbrecher, den er betreute, rückfällig geworden war und aus einem Supermarkt nachts einen Kastenwagen voll Likör und Zigaretten abgefahren hatte. Beim Verkauf war er erwischt worden, jetzt zerquälte sich Wu den Kopf, was er falsch gemacht haben könnte.

Irgend jemand hatte ihm einmal eingeredet, der Mensch, und zwar jeder, sei grundsätzlich ein Ebenbild der Götter, und wenn man ihm Vertrauen entgegenbringe, werde er das sicher rechtfertigen. Ich versuchte also ein weiteres Mal, ihn davon zu überzeugen, daß es sich da um eine philantropische Sprechblase handelte, und daß man nicht gleich über jeden betrübt sein müsse, der mal in die Kasse langt, wenn die Chance sich bietet – Menschen sind eben schwach, und das eher als gut, sogar ganz junge schon.

Weil ich das mit Worten nicht schaffte, fiel mir ein Trick ein. Ich legte eine mit Kippen aus dem Aschenbecher gefüllte Zigarettenpackung auf die Kante des kleinen Tisches, der neben der Tür unseres Büros stand, kurz bevor Lum, der Waisenbengel uns die Reis-und-Fisch-Schnellmahlzeit brachte, nach der wir ihn zur nächsten Bude geschickt hatten.

Lum ließ keine Chance aus, etwas zu verdienen oder zu mausen. Er hatte sein Standquartier unweit unseres Hauses, auf dem Bürgersteig, gegenwärtig handelte er mit ungewaschenen Slips und Büstenhaltern, auf die die ehemaligen Eignerinnen – ausnahmslos berühmte Models, Sängerinnen oder andere Showtypen - mit dickem Stift ihr Autogramm geschrieben hatten. Ob Sie es glauben oder nicht, die Dinger verkauften sich blendend. Sonderangebote dieser dritten Art von Kuriositäten sprechen sich mit Windeseile in Hongkong herum, obwohl es hier wahrlich einen Überfluß an Verrücktheiten gibt. Lum, der Kleine mit den Segelohren, der nebenbei als eine Art Späher über die Sicherheit unseres Büros wachte, schob sich freudestrahlend durch die Tür. Kein Wunder, als regulärer Abnehmer bezog er Rabatt an der Imbißbude. Ich merkte, wie er die Zigarettenpackung mit einem Blick streifte. Ein Fisch, der einige Male an einem bestückten Haken vorbeischwimmt, bevor er zuschnappt.

»Ägyptische Kartoffeln nimmt der Macher jetzt für die Chips«, teilte er uns strahlend mit. Über die Fische sagte er nichts. Jeder wußte, daß es Brassen waren, die einer in den New Territories aus dem Mutterland bezog, spottbillig, und die meist schon etwas streng rochen, wenn sie endlich Aberdeen erreicht hatten. Andere Buden verwendeten außerhalb des Hafens gefangene Seefische, die schmeckten leicht nach Öl – es war im Grunde egal, womit man sich langsam umbrachte, lediglich den Geschmack des Giftes konnte man wählen. »Den Rest kannst du behalten«, verfügte Wu großzügig, als Lum ihm das Wechselgeld hinhielt.

Ich gab dem Jungen eine Zigarette, die er sogleich anbrannte. Er hatte es eilig, wieder zu seinem Bauchladen mit der Prominentenunterwäsche zu kommen, und machte sich gleich auf dem Weg, nicht ohne im Vorbeigehen mit einem geradezu artistischen Griff die vermeintlich volle Zigarettenpackung vom Tisch zu schnappen.

»Sehen Sie«, machte ich Wu aufmerksam, »selbst ein so liebenswertes Geschöpf wie unser Lum ist nicht frei von Schwächen. Das ist menschlich. Es macht ihn mir geradezu sympathisch, daß er kein Heiliger ist. Typen, die vor Ehrlichkeit und Moralität förmlich platzen, flößen mir immer Mißtrauen ein.«

Er sah mich ziemlich mißbilligend an. Aber er hatte keine Zeit, mir erneut seine Vorstellungen von der Größe des Menschen darzulegen, wie er das öfters tat, wenn ich ihm von gewissen Erfahrungen aus meinem Berufsleben erzählte und er sich verpflichtet fühlte, meinen Zivilisationspessimismus zu dämpfen. Ich sah, wie er die Brille aufsetzte, um mich besser sehen zu können, er öffnete auch den Mund, aber da flog die

Tür auf, und die krähende Stimme Lums klagte lautstark: »Je reicher die Leute werden, desto abscheulicher sind die Späße, die sie mit unglücklichen Waisenkindern treiben!«

Damit knallte er die Zigarettenschachtel wieder auf den Tisch, daß die Kippen durch die Gegend flogen.

»Ich verstehe nicht...« stammelte Wu.

»Es war ein schlechter Scherz, zugegeben, du kleiner Flinkfinger!« Ich winkte ihm und zog aus meiner Schublade eine Packung *Red Lantern*, aus dem Mutterland geschmuggelt, und drückte sie ihm in die Hand.

Lum besaß neben vielen anderen, teils fragwürdigen Talenten auch noch das eines Schauspielers. Er besah sich die Packung mißtrauisch und brummte etwas von betuchten Leuten, die sich nicht schämten, den Zoll zu umgehen, nur um ihre gesundheitsschädigenden Leidenschaften ausleben zu können. Ich ließ mich nicht irritieren, ich kannte Lum, und statt mich mit ihm anzulegen, schob ich ihm Streichhölzer hin.

»Oder hast du selbst welche?«

Er steckte sie sofort ein, auch die Zigaretten. An der Tür drehte er sich noch einmal um, wie dieser amerikanische TV-Detektiv, dem immer erst mit der Türklinke in der Hand das Wichtigste einfällt.

»Was ich beinahe vergessen hätte, da unten sitzt seit zwei Stunden einer in einem blauen Mazda und wartet auf jemanden. Ratet mal auf wen!«

Ich muß ein ziemlich belämmertes Gesicht gemacht

haben, während Lum, der freche Knirps, grinsend aus der Tür huschte.

War ich nach dem vereitelten Anschlag auf mein Auto unvorsichtig geworden?

Nochmals öffnete Lum die Tür und vertraute mir treuherzig an: »Kein Wunder, wenn da einer lauert! Wo doch in allen Blättern gestanden hat, daß du von der stinkreichen Tante aus Timor soviel geerbt hast, daß du es geheimhalten mußt!«

»Du bringst da wohl etwas durcheinander«, machte ich ihn verblüfft aufmerksam, ich hatte die Sache mit Louis-Mountbatten Fung eine Kleinigkeit anders in Erinnerung. Aber Wu schob mir verschämt ein Exemplar von Fungs Blättchen über den Tisch, und ich las da, ziemlich groß aufgemacht, ich hätte von einer Dame aus dem Reich der dreizehnhundert Inseln aus ganz schleierhaften Gründen etwas erhalten, was von so hohem Wert sei, daß ich bereits vor Überfällen zittere...

Zeitungsschmierer! Wenn es irgendwo noch eine freie Zeile gab, füllten sie sie glatt mit einem zusätzlichen Mord. Oder mit einer Lüge, was einfacher war. Natürlich konnte man eine Lüge auch als ein Produkt der Phantasie bezeichnen, das klang nicht so brutal. Es blieb sich gleich. Fung war ein guter Freund, aber das Metier knackste schließlich jeden an. Trotzdem hatte die Sache, so wie er sie darstellte, natürlich einen Dreh. Sie machte die Leute, die hinter Mrs. Porteiras her waren, auf mich aufmerksam. Machte mich zum Ziel. Das war meine Absicht gewesen, wie hoch Fung auch immer gestapelt hatte. Ich überlegte nur kurz. Dann rief ich Lum zurück, der schon wieder verschwinden wollte.

»Kannst du ihm einen Platten machen?«

»Hinten oder vorn?«

»Egal.«

»Dann mache ich ihn hinten. Gleich?« Als ich nickte, hielt er mir wortlos die Hand hin. Ich opferte einen Schein, und er zog ab.

Der Bursche machte keinen sehr friedlichen Eindruck, als ich ihn so aus dem Durchgang des Nachbarhauses beobachtete. Noch jung, aber eben der Typ, von dem etwas ausgeht, das warnt. Ich schlich mich zurück in mein Büro und steckte die Magnum ein, die ich dieser Tage nicht mehr so leichtsinnig im Handschuhfach des Toyota liegenließ.

Unten war Lum gerade dabei, das dem Bürgersteig zugekehrte linke Hinterrad mit einem Stilett zu punktieren. Er führte einen kurzen, kräftigen Stich, dann ging er seelenruhig weiter, als gäbe es da gar kein Auto und nicht die leise zischend entweichende Luft.

Der Fahrer merkte, daß das Auto sich neigte. Er hob stutzend den Kopf, blickte in den Spiegel, dann riß er die Tür auf und wollte herausspringen.

Doch da war ich. Das und meine Magnum mit ihrer unanständig großen Mündung überraschten den Mann so, daß er mich nur anglotzte und nicht imstande war, etwas zu sagen oder zu tun. Ich schob ihn in sein Auto zurück, bevor er sich faßte. »Waffe?«

Er war vom Fach. Machte eine Kopfbewegung, bei

der das Kinn auf die linke Jackentasche wies. Ich entnahm ihr eine Pindad, die zweite, die mir in kürzester Zeit unterkam. »Aber... Sie können nicht...« stotterte der Mann.

Ich fauchte ihn an: »Ich kann. Wenn ich abdrücke, liegst du tot in deinem Auto, und ich verschwinde im nächsten Eingang. Niemand sieht uns. Also – in welcher Sprache hast du dich mit deinem Auftraggeber unterhalten? Er kann doch kein Chinesisch!«

Ich hatte mir das genau überlegt. Wenn dieser kleine Ganove solche billigen Jobs wie eine Beschattung übernahm, dann war er nicht besonders hoch in der geistigen Leistung einzuordnen. Er würde sich überfahren lassen.

Ich behielt recht. Er riß den Mund auf, ließ mich eine Weile lang seine Goldzähne sehen, dann protestierte er: »Wieso? Er kann... Englisch...«

»Aber nicht sehr gut«, bohrte ich weiter. »Alle diese Indonesier sprechen ein Englisch wie der Außenminister von Kakophonien, oder?«

In seinem Gesicht zeichnete sich erneut Überraschung ab. Es gelang ihm nach einer Weile, matt zu protestieren: »Er spricht nicht wie der von... Kakolysien...«

»O.K. Er spricht wie der Sultan von Bandung. Name?«

Dabei schob ich ihm die Mündung meiner Magnum noch etwas härter zwischen die Rippen. Mit solchen Typen sanft umzugehen, war ohne Sinn. Er reagierte sofort. Wie es schien, war ich auf ein Exemplar gestoßen, das nicht einmal die Mutprobe in einer Gymnasiasten-Triade bestanden hätte.

»Lung Tso«.

»Nicht deinen. Den von dem Indonesier!«

Ich hatte ihn. Er berichtete mir, daß er den Mann nur einmal gesehen hatte. Auf der Bank im Tiger Balm Garden.

Er habe sich nicht vorgestellt. Nur Geld angeboten.

»Und wer hat dir den Treff vermittelt?«

»Nguyen Ho Dung. Er führt in der Gasse der Laternenmacher ein Restaurant.«

Ich kannte die Kneipe. Sie lag in einer Gegend, in der eine Menge Vietnamesen es fertiggebracht hatten, sich als Handwerker anzusiedeln. Oder eben als Kneipiers. Nicht ganz im Einklang mit den Einwanderungsbestimmungen, aber wen halten die schon ab!

Die Gasse ging von der Tonnochy Road ab. Bis in die Tonnochy Road konnte man gefahrlos gehen, dahinter begann die Gegend, in der in den Kneipen Hundefleisch angeboten wurde. Es hieß, dort lauerten unzählige Gelegenheitsgauner auf eine Chance. Die Kneipe von diesem Nguyen Ho Dung war ein Treff, über den es mehr Polizeiakten gab als Steuerabrechnungen. Tonnochy Road war Viet Cong Country, wenn es mir erlaubt ist, den Volksmund zu zitieren.

»Du hast den Mann gesehen – hatte er noch den Schnurrbart?«

Es funktionierte. Der kleine Gauner Lung Tso beschrieb mir bereitwillig den Herrn, den ich auf dem Film des Kameraschwenkers aus der Leichenhalle in

Mong Kok gesehen hatte. Tuan Elis Subutu aus Djakarta, der gut gekleidete, gelassene Mann mit dem Diplomatenpaß, den Mrs. Porteiras respektlos einen Mata-Mata genannt hatte. Schnüffler.

»Wie nimmst du Verbindung mit ihm auf?«

Er deutete, von einem erneuten Schubs mit meiner Magnum ermuntert, auf das Autotelefon zwischen den Sitzen.

»Nummer?«

»Weiß ich nicht. Ist fest programmiert. Wiederholungstaste drücken.«

Ich überlegte kurz. Einen Ganoven fertigzumachen, wenn man eine Magnum in der Hand hat und er nichts, ist einfach. Manchmal zahlt es sich aber aus, das nicht zu tun. Ganoven vergessen nicht, wenn man ein Auge zugedrückt hat. Alte Polizistenweisheit.

»Du bleibst ganz still sitzen«, wies ich ihn an, »und du legst deine Hände auf das Armaturenbrett, los!«

Er folgte wie ein Schuljunge. Ich nahm den Hörer und drückte die Wiederholungstaste. Leider nutzte es mir nichts, daß ich einmal gelernt hatte, aus dem Abschnurren der Nummernscheibe ohne hinzusehen die gewählte Zahl herauszuhören. Diese modernen Telefone erledigten die Anwahl absolut geräuschlos, lediglich ein leises Knacken ertönte, bevor das Rufsignal kam.

»Ja, bitte!« Eine geschmeidige Stimme.

»Tuan Subutu?«

»Wer ist dort?« Er sprach tatsächlich ein eher unauffälliges Englisch, aber ein Hongkonger hörte trotzdem heraus, daß seine Muttersprache aus einer Menge betonter Vokale bestand. »Lim Tok«, sagte ich. »Da sind Sie überrascht, wie?« Pause. Dann: »Wie kommen Sie an meine Nummer?« Er sagte kein Wort zuviel. War vorsichtig wie eine englische Gouvernante.

»Da staunt selbst ein Mata-Mata«, reizte ich ihn. »Für mich gibt es keine Geheimnisse. Hören Sie gut zu, Tuan Subutu, ich sage es nur einmal. Was Sie so gern haben möchten, habe ich. Sie können mich jagen, aber damit haben sie es noch lange nicht. Wenn es an der Zeit ist, und wenn ich dazu Lust habe, werde ich es Ihnen anbieten. Vielleicht auch nicht. Ich werde eine Nachricht für Sie an der Pforte der indonesischen Vertretung abgeben. Oder auch nicht. Ende.«

Er hatte schon aufgelegt. Der Kerl, der Lung Tso hieß, wagte nicht, den Kopf zu drehen. Er schwitzte. Seine Handflächen lagen folgsam auf dem Armaturenbrett. Ich würde ihn mir auf eine Art vom Hals schaffen, die ihn selbst überraschte.

»Hast du gut zugehört?«

»Ja«. Es klang zaghaft.

»Hast du begriffen, daß dein Auftraggeber keine Ahnung hat, wer es mir ermöglichte, ihn anzurufen?«

Das nächste Ja kam noch zaghafter. Ich erlaubte ihm, sich wieder aufzurichten. Er wagte es nicht, mich anzusehen. Dies war einer von den Kerlen, die eine scharfe Sprache verstanden, und ich nutzte es aus.

»Ich werde deinem Auftraggeber nicht verraten,

wie ich dich hereingelegt habe. Kein Wort. Weil ich dir nicht den Job kaputtmachen will. Kannst du dir vorstellen, warum noch?«

Er schüttelte den Kopf.

»Dieser Tuan Subutu, der dich engagiert hat, ist gefährlich. Er hat bereits zwei Leute umlegen lassen. Einen davon hatte ich so ähnlich erwischt wie dich jetzt. Ich ließ ihn los, und jemand erledigte ihn, wohl damit er für immer schweigt. Tuan Subutu liebt Leute nicht, die sich aufs Kreuz legen lassen...«

Während ich sprach, entlud ich die Pindad und warf die aus dem Magazin genommenen Patronen auf den Rücksitz.

»Aber laß dich nicht wieder in meiner Nähe blicken. Es sei denn, du machst mich aufmerksam, daß du hinter mir herschnüffeln sollst, damit ich es einkalkuliere. Erzähl deinem Tuan was du willst, aber wenn ich noch einmal unvorbereitet auf dich treffe, geht es böse für dich aus. Und wenn du klug bist, reparierst du jetzt deinen Reifen und haust von hier ab!«

Ich warf ihm die leere Pindad zu, steckte meine Magnum ein und stieg aus. Gerade noch bekam ich mit, wie Pfiffikus Lum zu dem Wagen lief und fröhlich anbot: »Mister, Sie haben einen Ausgehauchten – wenn ich helfen soll, es kostet Sie zwei Dollar, dafür werde ich das Rad wechseln, Sie brauchen nicht mal auszusteigen!«

Ich saß schon in meinem Toyota und rollte davon, als das Geschäft abgemacht wurde. Ich erinnerte mich, daß es noch einen weiteren Mann gab, der sich vermutlich in Gefahr befand. Unterwegs rief ich Bobby Hsiang an, der hatte noch nichts von Mrs. Porteiras gehört. Fahndete auch nicht nach ihr.

Hongkongs Polizei war stets froh, wenn jemand keine Anzeige erstattete und das knappe Personal nicht übermäßig strapaziert werden mußte. Aber Bobby nahm mir das Versprechen ab, ihn sofort zu benachrichtigen, wenn ich sie ausfindig machte.

»Hoffentlich ist sie dann nicht kalt«, gab ich zurück, »oder in Stücken.« Er brummte nur, er halte nicht viel von meinen forschen Reden.

Dann entdeckte ich doch tatsächlich eine Parklücke in der Harcourt Road, unweit des Apartmenthauses, in dem die Vereinigung zum Schutz verfolgter Minderheiten ihr Büro hatte. Mir fiel nichts auf, als ich parkte, aber an der Eingangstür lehnte ein fauler Typ, der jetzt, am Nachmittag, wenn anständige Leute langsam von der Arbeit müde werden, an einem Pfosten gelümmelt, eine Morgenzeitung las. Wenigstens tat er so. Langschläfer. Oder auch nicht. Mir waren grundsätzlich Leute suspekt, die im Stehen Zeitung lasen. Nicht, weil die Amerikaner das als Dauererscheinung in ihren TV-Krimis haben, sondern weil es zur Lebensweise Hongkongs einfach nicht paßte. Jemand, der in Ruhe lesen wollte, setzte sich auf eine Bank, wie sie unweit des Eingangs stand. Aber jemand, der nur den Anschein erwecken wollte, daß ihn außer der Zeitung nichts auf der Welt interessierte, der konnte schon so naiv sein, sich ausgerechnet in den Eingang zu stellen, den er überwachen sollte. Was ging hier vor? Hatten Tuan Subutus gemietete Jagdhunde herausgefunden, daß es zwischen dem bereits toten Mann in Mong Kok, Mrs. Porteiras und dieser menschenfreundlichen Gesellschaft eine Verbindung gab? Ich beschloß, einen Hintereingang zu suchen. Ich fand auch einen, wo jemand von der nächsten Klempnerei dabei war, etwas am Müllschlucker zu schweißen. Er interessierte sich nicht für mich, als ich an ihm vorbei in die Vorhalle ging. Es war eines der Häuser, die im Parterre keinen Hausmann haben, der da hinter einem Tresen hockt und für ein Minimum an Ordnung sorgt. Ich warf noch einen Blick durch die Glastür auf den Zeitungsleser, schlüpfte in den Fahrstuhl und schwebte aufwärts. Daß ich nicht aufmerksam genug war, fiel mir nicht ein, schließlich hatte ich ja sogar den Zeitungsleser entdeckt. Also kletterte ich aus der Kabine und drückte auf den Klingelknopf der Minderheitenschützer.

Die Tür flog auf, und ich stand dem Herrn gegenüber, den ich bisher nur vom Film des Kameraschwenkers kannte – Tuan Subutu.

Er machte sich gar nicht die Mühe, mich zu begrüßen, wedelte mich nur mit einer Bewegung der Pindad, die er in der Hand hielt, an sich vorbei an die nächste Wand, mit dem Gesicht zur Tapete, zog mir die Magnum aus dem Hosenbund und fragte in leidlichem Englisch: »Warum versuchen Sie mir weiszumachen, ich könnte bei Ihnen finden, was ich suche? Ich weiß genau, daß Sie es gar nicht haben können...«

Mir fiel darauf so schnell nichts ein, nur, daß dies

schon die zweite Pindad war, die ich heute sah, und wenn ich den Anfänger in Kowloon noch dazurechnete, die dritte überhaupt.

Ich versuchte es auf die ganz dumme Tour, sozusagen im Stil eines Bauern aus den New Territories, der vorgestrigen Salat auf dem Markt als frisch verkaufen will, ich sagte: »Mister, da muß ein Irrtum vorliegen. Ich wohne nicht hier…« Die Pistole drückte weiter in meinen Rücken. Zu gleicher Zeit hörte ich aus dem Raum Geräusche. Etwas wurde umgeworfen. Papier raschelte. Dann brach Holz. Da mußte es einen zweiten Mann geben. Der Verdacht bestätigte sich sogleich, denn eine etwas guttural klingende Stimme meldete sich. Sie sagte: »Legen Sie ihn neben den anderen, den Rest mache ich.« Tuan Subutu sagte zu mir: »Mal sehen. Sie wissen etwas viel, Herr Detektiv. Vermutlich ist es das beste, wir lassen Sie Abschied von dieser Welt nehmen…«

»Mit Hilfe von Semtex?« Lebensgefahr machte mich zuweilen ausgesprochen mutig.

Er äußerte sich dazu nicht. Während er mit der Pistole weiter unangenehm an meiner Wirbelsäule blieb, während irgendwo hinter uns, im Büro der Menschenfreunde, jemand weiter Möbel umwarf und Papier durchwühlte, erschien zwischen meinem Gesicht und der Tapete plötzlich eine Hand mit einer geöffneten Whiskyflasche.

Die Hand trug einen Onyxring, die Flasche das Etikett *Bushmills Malt*. Eine der teureren Sorten aus der ältesten Whiskybrauerei Irlands. Die Flasche kostete gut und gerne eine dreistellige Dollarsumme.

»Ich gebe Ihnen einen guten Rat«, sagte Tuan Subutu leise, »vergessen Sie, daß Sie mich jemals gesehen haben. Vielleicht wäre es besser, ich tötete Sie jetzt, aber ich gebe Ihnen noch eine Chance: Scheiden Sie aus dem Spiel aus! Und nun schlucken Sie, los!«

Er führte die Flasche an meinen Mund. Er hätte mir glatt die Zähne ausgeschlagen, wenn ich nicht geschluckt hätte. Kaum daß er mir die Möglichkeit ließ, ab und zu Luft zu holen. Er kippte mir so ungefähr die Hälfte der Flasche in den Rachen. Dann setzte er sie ab, und ich dachte genau eine Sekunde darüber nach, was das wohl sollte. Doch dann fiel mir ein Teil eines anderen Planeten auf den Kopf, und der Film riß.

Das erste, was ich wieder wahrnahm, ich weiß nicht, nach wie langer Zeit, war eine Stimme, die ich nicht kannte. Ein Mann. Er fragte: »Was ist nun mit ihm?«

Jemand bewegte meinen Kopf, legte einen Finger an meine Halsschlagader, fummelte an mir herum und sagte schließlich: »Lebt. Ist stinkbesoffen. Glaube nicht, daß der das gewesen ist.« Eine Hand griff in meine Jackentasche. Zog mein Etui mit der Lizenz heraus. Die Stimme brummte: »Das erklärt den Revolver...«

Ich versuchte, die Augenlider hochzuklappen. Es war, als hätte sie jemand mit Sandpapier abgerieben. Endlich gelang es mir. Ich hatte es mit zwei Zivilisten zu tun, die nicht wie Gangster aussahen, eher wie Beamte, und die mir irgendwie nicht ganz fremd waren.

Ein dritter kroch im Hintergrund herum und machte Fotos mit Hilfe eines Blitzlichtes. Nach und nach begriff ich, daß es sich um Polizisten handelte, die ich zumindest schon einmal gesehen hatte. Wo bloß? Zugegeben, mein Verstand war etwas träge. Und es schien, als brauchte ich eine Brille. Als ich mich aufzurichten versuchte, geriet alles, was in mein Blickfeld kam, sogleich in kreisende Bewegung. Ich nahm gerade noch wahr, daß der Raum verwüstet war, und daß der Mann, der neben mir stand, auf meine Bewegung aufmerksam wurde.

»Hallo«, sagte er, »sind Sie in der Lage, zu antworten?«

»Was zu trinken...« krächzte ich.

Er meinte herablassend: »Scheint, als hätten Sie genug gehabt!« Aber er verschwand und kam mit einer Tasse Wasser zurück, aus der ich einen Zug nahm. Dann gelang es mir zu fragen: »Seid Ihr von Bobby Hsiangs Team?«

Ich konnte jetzt das Gesicht des Mannes etwas besser erkennen. Jung und forsch. Als ich den Namen Bobbys erwähnte, zog er einen Flunsch.

»He, Bao-li«, rief er, »komm her, der fängt an, von unserem neuen Chef zu phantasieren.«

Ein anderes Gesicht erschien in meinem Blickfeld. Älter. Der Mann hatte eine Zigarette zwischen den Lippen hängen. Ich war sicher, ihn schon seit Jahren zu kennen, ohne zu wissen, wer er eigentlich war. Es gab eine Menge Polizisten in der Kolonie.

»Lim Tok«, begrüßte er mich, »ich kenne Sie. Sind

unlängst erst beim Chef gewesen. Als er noch nicht unser Chef war...«

Ich nickte, bereute es aber sogleich, denn mir wurde übel davon.

Der Mann rief ins Zimmer: »Doc, gucken Sie sich mal seinen Rettich an, der ist ziemlich durcheinander.«

Der Mann, der dann herantrat, war auch schon mit Bobby Hsiang unterwegs gewesen, soweit konnte ich mich erinnern. Er beklopfte meinen Hinterkopf, zog die Haare beiseite, betupfte eine Stelle mit etwas, das abscheulich brannte, dabei murmelte er: »Kann sein, kann nicht sein. Möglich, daß er eine Gehirnerschütterung hat. Wenn nicht, ist es Suff.« Zu mir gewandt: »Wieviel haben Sie bloß gekippt, Lim Tok? Hier stinkt es wie in Frankies Honkytonk am Montag früh!«

»Es war Bushmills«, klärte ich ihn auf.

Er betrachtete mich mitleidig. Ein Mann, der völlig durcheinander war, das konstatierte er wohl. Zog mir ein Augenlid hoch und leuchtete mit seiner Stiftlampe in die Pupille. »Spinnt schon. Bushmills, daß ich nicht lache! Wer kann sich den schon kaufen?«

Und dann war da plötzlich die vertraute Stimme Bobby Hsiangs, auch der Gestank seiner Bastos kroch mir in die Nase. »He, Partner«, sagte Bobby an der Zigarette vorbei. »Was kannst du zu deiner Verteidigung vorbringen?«

Es muß sich noch etwas nach einem mongolischen Hirten angehört haben, der Englisch zu sprechen versucht, als ich mich wehrte: »Hör mal, ich mich verteidigen? Ich bin hier hereingekommen und habe eins auf meinen wertvollsten Körperteil gekriegt, dann haben sie mir...«

»Es war nicht dein wertvollster Körperteil«, sagte er, »es war dein Kopf. Und wer sind diese *Sie*?«

»Der Diplomat.«

»Aha. Und wer hat den jungen Mann dort drüben erledigt?« Er half mir auf die Beine. Mit Mühe hielt ich das Zimmer an, das um meinen Kopf kreiste. Mir war speiübel. Ich sagte es Bobby, der mich daraufhin stützte. Er vertraute mir an, da sei eine Toilette, die wäre schon untersucht, ich könnte mich dort erleichtern, er würde mir den Kopf halten. Da drang mein Stolz durch, und ich verzichtete.

Dann sah ich Liu Tse-mo, den Minderheitenschützer mit dem abgeschlossenen Geschichtsstudium. Er lag auf dem Rücken. Seine Augen starrten zur Decke. Sahen wohl nichts mehr. Auf der Brust ein dunkelroter Fleck.

»Ich möchte wetten«, quetschte ich durch die Zähne, »es ist das gleiche Kaliber wie bei dem Toten in der Leichenhalle in Mong Kok. Pindad. Sagst du mir, was das für Kerle sind, die hier herumfuhrwerken?«

»Neues Team«, gab er zurück. »Unterstehen neuerdings auch mir. Gewaltdelikte haben wieder zugenommen. Übrigens – jemand hat bei uns angerufen, hier sei ein Mord passiert. Warst du das?«

»Ich habe seit zwei Jahrhunderten nicht mehr telefoniert!«

»Der ist immer noch besoffen«, stellte der Mann

fest, den sie Doc gerufen hatten. Ich gab mir Mühe, Bobby langsam, Wort für Wort zu erklären, was vorgegangen war. Als ich fertig war, runzelte er die Stirn und meinte: »Abgesehen davon, daß du wie üblich nur die Hälfte der Wahrheit gesagt hast – das ist alles sehr schön, bloß da drüben, neben der Leiche, in einer Beweismitteltüte, liegt dein Revolver. Hast du damit geschossen?«

»Nicht daß ich wüßte! Warum auch?«

Der Doc stänkerte: »Was der schon weiß! Der kennt nicht mal mehr die Whiskysorte, die er gesoffen hat. Bushmills, haha!«

»Du hast nicht geschossen?«

»Ich kam gar nicht dazu, der Kerl fing mich an der Tür ab.«

»Deine Magnum ist abgefeuert«, stellte Bobby fest. Dann sah er den Toten an und fügte hinzu: »Das Loch sieht ganz nach einer Magnum aus. Übrigens war er vorher schon so auf den Schädel geschlagen worden, daß er den Schuß kaum noch gebraucht hat. Aber das wird der Doc noch untersuchen.«

Nachdem ich in diese klassische Falle gelaufen war, stand ich nun also auch noch unter dem Verdacht, den Minderheitenmann getötet zu haben. Ich beantragte sicherheitshalber einen Paraffintest. Bobby Hsiang verstand meine Taktik. Zumal er wohl tatsächlich nicht im Ernst annahm, ich hätte den Mann erschossen. Aber er kannte Staatsanwälte.

»Du kommst mit«, entschied er. »Aber du setzt dich jetzt erst mal dort in die Ecke und wartest, bis eine

Ambulanz da ist. Wir machen den Test bei uns, und anschließend können die Medicos gleich noch deinen Ballon röntgen, für alle Fälle...«

Er trieb seine Leute an: »Los, seht zu, daß ihr weiterkommt, wir wollen hier nicht das Drachenbootfest verbringen. Da gibt's noch einen Fenstersturz mit Nachhilfe, den ihr aufzunehmen habt!«

Ich besah mir noch einmal den Toten. Er schien außer dem Loch in der Brust keine weiteren Schußwunden zu haben. Was war hier vorgegangen? Tuan Subutu mit einem oder mehreren Helfern war auf das scharf gewesen, was Mrs. Porteiras in ihrem Besitz hatte, seitdem der junge Mann aus Timor tot in Mong Kok lag. Die Finte,über Louis Mountbatten Fung lanciert, daß inzwischen ich im Besitz dieses ominösen Etwas sei, hatte nicht funktioniert. Hatte Subutu etwa in dieser Wohnung gefunden, was er suchte? Warum erschoß er dann Liu? Und – wo war Mrs. Porteiras?

Als ich Bobby Hsiang vorsichtig anbohrte, ob er sich denn ein Bild machen könne, gab der sich verschlossen. Ihm sei manches an der Sache unklar. Zuallererst das Motiv. Wenn ich das nicht kenne...

Zwei Träger kamen mit der Zinkwanne und holten die Leiche ab. Die nächsten beiden Männer kamen mit einer Trage. Ich protestierte, wollte zu Fuß gehen. Aber Bobby war unumgänglich. Er donnerte: »Der Mann wird getragen. Paraffintest, beide Hände. Anschließend Kopf röntgen. Wenn er Zoff macht, anschnallen!«

Mir teilte er lediglich noch mit: »Deinen Wagen lassen wir nach Aberdeen bringen. Den Revolver kriegst du zurück, wenn alles geklärt ist. Oder auch nicht.« Wenn er dienstlich wurde, konnte Bobby ein Ekel sein.

Die Träger packten mich. Ich verzichtete auf Widerstand und ließ mich auf der Trage befördern.

Um es gleich zu sagen: Sie fanden nichts, die klugen Kerlchen im Hauptquartier. Der Test war negativ, die Röntgenaufnahme zeigte, daß mein Radieschen immer noch ohne Bruchstelle war. Bobby Hsiang gab mir mit unbewegtem Gesicht meine Papiere zurück. Als ich wissen wollte, wie es weitergehen sollte, sagte er: »Was uns betrifft, so haben wir nun nach dem Toten am Lampenpfosten in Kowloon einen neuen Mord auf dem Hals. Und dich als Zeugen, daß sich dieser Diplomat am Tatort aufgehalten hat, als du hinkamst.«

»Werdet ihr ihn vernehmen?«

Zum ersten Mal sah ich Bobby wieder grinsen. »Weißt du nicht, wie das mit Diplomaten immer ausging, früher?«

Natürlich wußte ich es noch. Aber ich wußte auch, daß jeder Fälscher für ein entsprechendes Aufgeld Diplomatenpässe herstellte und die meisten internationalen Gauner welche hatten.

»Wir werden das prüfen«, versprach Bobby. »Jedenfalls versuchen wir es. Was ist es eigentlich, was da gesucht wird?«

Ich antwortete wahrheitsgemäß: »Wenn ich es wüßte, wäre ich diese unbequeme Sache längst los. Keine Ahnung.«

»Du willst mir allen Ernstes weismachen, dein Klient hat dir nicht mal gesagt, worum es geht? Und das unter vier Augen?«

Ich verblüffte ihn mit der Eröffnung: »Ich habe gar keinen Klienten. Es sei denn, du hältst den Kameraschwenker Tim Tsen im Leichenschauhaus in der Yee Street in Mong Kok für einen!«

Er äußerte sich dazu nicht. Gab mir nur leise den Rat, nach Hause zu fahren, mit einem Polizeifahrzeug. Mein Toyota sei schon in Aberdeen. Ich sollte mich hinlegen und ausschlafen. »Und mein Revolver?«

Er schüttelte den Kopf. »Dauert noch. Hast du einen zweiten?«

Hatte ich nicht. Und es bewies sich, daß Bobby Hsiang doch noch ein Freund war, auf den man bauen konnte. Er ging an seinen Wandtresor und entnahm ihm einen billigen Smith & Wesson Chiefs Special, gab ihn mir und ließ sogar durchblicken, das Ding sei sauber. Nur daß ich nicht gleich damit einen auslöschen solle, das gäbe dann doppelten Ärger. Und daß er es zurückhaben möchte, sobald...

In diesem Augenblick jaulte meine neue Errungenschaft, das Funktelefon, das ich in meiner Jackentasche trug, und das den Niederschlag im Büro der Minderheitenfreunde offenbar unbeschadet überstanden hatte.

Bobby gab nicht zu erkennen, was er dachte, als ich seelenruhig das Gerät aufklappte und mich meldete.

»Mister Lim Tok?« Es war die sanfte Stimme der

Lady Porteiras. Ich sagte vorsichtig, sie sei richtig verbunden. Und dann erfuhr ich, daß sie in Aberdeen auf mich wartete. »Sie müssen mir verzeihen, ich habe Ihr Büro besucht, und der Herr dort sagte mir, ich solle an der Pier warten, wo die Walla Wallas anlegen, Sie würden von hier aus zu Ihrem Domizil fahren...«

Ich unterbrach sie: »Ich bin aufgehalten worden. Geht es Ihnen gut?«

»Leidlich.«

»Werden Sie verfolgt?« Das verneinte sie.

Ich riet ihr: »Lassen Sie sich an der Fischbude ein paar Fritten geben und warten Sie, ich bin schon unterwegs!«

Sie saß auf einem Hocker, den ihr der Macher der Fischbude hingestellt hatte, weil sie offensichtlich etwas schwach auf den Beinen war. Der Kopf trug noch einen leichten Verband, die linke Seite des Oberkörpers war unter dem locker fallenden Sommerkleid straff verbunden. Auf dem Schoß balancierte sie einen Teller mit Bratfisch und Fritten.

Ich gab ihr eine von den Papierservietten, die auf der Theke des Fischbraters lagen, damit sie ihre Finger säubern konnte. Dabei beobachtete ich, daß sie auch ihre linke Hand bereits wieder einigermaßen bewegen konnte.

Nachdem ich sie begrüßt und wir die üblichen Höflichkeitsformeln losgeworden waren, wurde ich unsicher. Überall konnte sich einer der Observierer jenes Tuan Subutu herumtreiben, es konnte sehr leicht zu einem weiteren Überfall kommen. Ich riet ihr, die wenig befriedigende Mahlzeit zu beenden und zunächst mit mir auf meine Wohndschunke zu fahren, wo wir sicher wären.

Die Frau lächelte mich umwerfend an. Und dann meinte sie: »Dschunke ist mir zu unbequem. Danke. Ich habe eine bessere Idee. Sie kommen mit mir.«

Sie sah mich wartend an. Was mir die sofortige Zustimmung erschwerte, war der Nebel in meinem Kopf, der sich noch immer nicht ganz zu den irischen Whiskybrauereien zurück verflüchtigt hatte. Nicht, daß ich Zickzack gelaufen wäre – aber ein bißchen schwer tat ich mich doch noch, obwohl ich etwas mehr Alkohol vertrage als die meisten anderen Chinesen, und obwohl das feiner Alkohol gewesen war, den man mir da eingetrichtert hatte, um mich zusätzlich zu dem Hieb aufs Haupt auszuschalten.

»Wohin?«

»Lassen Sie sich überraschen«, sagte sie nicht ohne Koketterie.

Ich nickte gottergeben. Möglicherweise war Pipi schon auf der Dschunke und lag dort im Liegestuhl, wie eine Passagierin auf dem Sonnendeck eines Luxusdampfers, bloß unbekleidet, wie das ihre anfechtbare Gewohnheit war. Wenn ich da mit einer Dame vom Format der Mrs. Porteiras ankam, würde eine ernsthafte Unterhaltung ohnehin nicht gut möglich sein.

Mrs. Porteiras hob leicht die rechte Hand. Daraufhin schoß von irgendwoher einer dieser gediegenen alten Chryslers heran, nahezu lautlos, hielt an und seine Tür öffnete sich, spuckte zwei junge Männer aus, die nur ein Banause als *Kerle* hätte bezeichnen können: Weiße Zweireiher, dunkle Hemden, bunte Schlipse, Lackschuhe - eine etwas geckenhafte Aufmachung, die täuschen sollte, denn sie waren knallharte Typen, und – was man seltener hat – welche mit Grips, wie ich bald begriff. Ich grinste sie zunächst freundlich an, selbst noch, als sie mich nach einer Waffe abtasteten und prompt den Chiefs Special von Bobby fanden.

Ich sagte so freundlich wie möglich zu Mrs. Porteiras: »Sie können mich samt Revolver haben, oder Sie lassen es bleiben.«

Auf einen Wink steckte der eine mir den Chiefs Special wieder in den Hosenbund und murmelte etwas, das eine Entschuldigung sein sollte, nur war es in einer Sprache gesagt, die ich nicht verstand. Obwohl – ich erkannte sie, es war Indonesisch. Da wurde mir klar, daß Mrs. Porteiras kaum noch in Gefahr war, sie hatte ihre eigenen Bewacher herbeigerufen.

Als wir bereits längere Zeit in Richtung Norden gefahren waren, bestätigte sie mir das: »Es handelt sich um zwei Angestellte von mir. Ich habe sie zu meinem Schutz herfliegen lassen.«

Und dann, als wir die Mittagskanone bereits hinter uns hatten und ins Gelände des Royal Hongkong Yacht Clubs rollten, teilte sie mir mit: »Außerdem habe ich die Hilfe eines hiesigen Geschäftsfreundes in Anspruch genommen. Er hat mir vor allem eine sichere Unterkunft zur Verfügung gestellt.«

Sie hatte die Wahrheit gesagt. Jeder, der auch nur eine flüchtige Ahnung von Hongkongs Geldadel hatte, wußte, daß die *Samloon* Tsung Da-hsien gehörte, dem Besitzer jener Apothekenkette, für die ich jüngst gearbeitet hatte. Eine hochseetüchtige Motoryacht, in Honolulu gebaut, weiß angepinselt, schnittig, elegant – wenn das kein sicherer Aufenthalt war als das Hospital, würde ich Gärtner werden! Der Name des bezaubernden Fahrzeugs war dem Familiensiegel der Tsungs entlehnt, das drei Drachen zeigte.

»Bitte«, forderte mich Mrs. Porteiras auf, als wir am Steg angekommen waren. Die beiden Edelgorillas warfen prüfende Blicke in die Umgebung. Doch dieser Teil des Yacht Clubs war so exklusiv, daß jeder sofort unangenehm aufgefallen wäre, der nicht den zuverlässigen Eindruck erweckte, drei bis vier Millionen im Kästchen zu haben. Killer und verwandte Typen haben das meist nicht. Deshalb hatte es mein Observer Lung Tso auch nicht geschafft, mir bis hierher zu folgen. Entweder stand er noch in Aberdeen herum, oder er war am Eingang des Yacht Clubs gescheitert.

»Ist der alte Herr auch auf dem Dampfer?« erkundigte ich mich, als wir die Reling aus blankgeputztem Messing hinter uns hatten. Mrs. Porteiras sah mich verblüfft an.

»Sie kennen den Eigentümer dieses Bootes?«

Herzige Frau, die so was als Boot bezeichnete. Ich zog es vor, nicht zu antworten. Mochte sie von den hellseherischen Eigenschaften Hongkonger Detektive halten was sie wollte. Sie sagte, ohne auf ihre Frage zurückzukommen: »Wir sind allein. Nur meine Beschützer sind da. Und etwas Personal.«

Das *Boot* hatte einen Salon, in dem man die Bewohner eines Hochhauses hätte unterbringen können. Elegant möbliert, so gar nicht im traditionell chinesischen Stil, in dem Old Tsung Da-hsien zu Hause lebte. Aber – hier pflegte er wohl mit Gästen die Freuden der Zeit zu genießen, und Old Tsungs Freunde waren nicht nur Chinesen mit Traditionsgefühl, da gab es eine beträchtliche Anzahl von Gweilos, wie er sie sicher nur in ihrer Abwesenheit nannte, fremde, ungeschliffene Barbaren aus westlichen Ländern. Und die fühlten sich eben eher in Ledersesseln wohl als auf harten chinesischen Stühlen, Tradition oder nicht!

Der Whisky, den ein Steward in weißer Jacke anbot, war zum Glück kein Bushmills, also nahm ich erst einmal einen Schluck, dann machte ich etwas Konversation, die sich um die Verletzungen von Mrs. Porteiras drehte, und schließlich kam ich zur Sache: »Ich habe gern klare Verhältnisse«, machte ich ihr begreiflich, »weil es gelegentlich um das Leben geht. Deshalb hätte ich gern gewußt, was hier eigentlich gespielt wird. Von Ihnen, von Tuan Subutu, und von den Leuten, die er in die Landschaft schickt, um jemanden zu killen. Können Sie mich aufklären?«

Sie trank sparsam, aber sie schien Alkohol nicht gerade zu verabscheuen. Und sie kam ebenfalls ohne Umschweife zur Sache, ganz wie das bei den Fremden üblich ist, auch bei denen, die sich schon lange in unseren Breiten aufhalten.

»Würden Sie für mich arbeiten?« Die Frage kam überraschend. Ich überlegte, daß ich eigentlich genau das schon seit einiger Zeit tat, warum sollten wir es nicht offiziell abmachen. Deshalb zögerte ich nicht lange. Tim Tsen, der Leichenfotografierer in Mong Kok, hatte mir zwar den Tip gegeben, daß da etwas roch, aber er hatte mir nicht einmal versprochen, die Spesen zu übernehmen. Warum sollte er auch? Genau genommen war ihm nur etwas aufgefallen, von dem er annahm, es würde mich interessieren. Den Rest der Rechnung hatte ich ganz von selbst verursacht. Ich zierte mich nicht. In Anbetracht der Summe, die ich auf den verschiedenen Konten der Lady Porteiras vermutete, machte ich sie aufmerksam: »Ich stehe Ihnen für genau eintausend Hongkong-Dollar plus Spesen pro Tag zur Verfügung, Mrs. Porteiras. Aber erst, wenn ich gehört habe, um was es überhaupt geht.«

Der gesalzene Preis, den ich nur bei Ausländern erhob, schien sie nicht zu beeindrucken. Sie nickte zustimmend. Dann lehnte sie sich in ihren Ledersessel zurück, schlug die gar nicht so uninteressanten Beine übereinander und setzte mich ins Bild.

»Timor, wie Sie wissen, der Osten der Insel, wo ich herkomme, war portugiesisch. Er wurde durch eine Militäraktion Djakartas zu Indonesien geschlagen, und das blieb nicht ohne Widerspruch. Portugal protestierte nicht. Es konnte die Kolonie gern entbehren, war froh, sie los zu sein. Aber die Leute im Ostteil der Insel wollten eine Art Autonomie haben, es gab nur wenige von Djakarta profitierende Nutznießer, die sich da hinter das Schlagwort vom Ende des Kolonialismus stellten, in Wirklichkeit den Anschluß an ihr

Patronatsland meinten, das ihnen Pöstchen und Gewinn versprach. Es kam zu Demonstrationen, die wurden zusammengeschossen, daraufhin schossen die Demonstranten zurück, gründeten sogenannte Befreiungskomitees, und seitdem haben wir etwas in Ost-Timor, das die Djakartaer Militärs eine aufsässige Bande von Diversanten nennen, die Politiker eine unbedeutende Minderheit, und das Ausland Unruhestifter. Die Minderheit selbst sagt, sie ist der größte Teil der Bevölkerung, und sie wollte zwar von Portugal befreit sein, aber nicht von den Djakartaern eingemeindet. Auf der Basis dieser nicht sehr überschaubaren Verhältnisse bildete sich das heraus, mit dem wir es zu tun haben...«

»Sind Sie selbst immer noch Portugiesin?«

»Ich bin es noch. Europäer werden in Ost-Timor nicht direkt verfolgt. Man tastet auch ihren Besitz nicht an. Bei den Eingeborenen verhält sich das anders. Es gibt Zwangsarbeit, es gibt Isolierungslager, Leute verschwinden, Massaker ereignen sich – deshalb zählen die Einwohner von Ost-Timor heute zu den verfolgten Minderheiten.«

»Daher Ihre Bekanntschaft mit Mister Liu Tse-mo?«

»Mister Singgi hatte mit ihm Verbindung, ich nicht.«

»Wer ist Mister Singgi?«

»Der Tote in der Leichenhalle in Mong Kok. Ich half ihm, außer Landes zu kommen, mit meinem Flugzeug.«

»Sie fliegen selbst?«

»Eine Piper Malibu.«

»Und Sie nahmen nicht nur Mister Singgi mit, sondern auch noch etwas, hinter dem die Behörden aus Djakarta jetzt her sind?«

Sie sagte schroff: »Es sind keine Behörden. Es sind Leute, die mit der Ausbeutung des ehemaligen Ost-Timor zu tun haben. Und sie haben es nicht gern, wenn man ihre Schandtaten dokumentiert und ins Ausland bringt. Mister Singgi war einer meiner Angestellten. Er betätigte sich als Filmamateur. Seine Filme waren an Bord, als wir flogen. Sie dokumentieren die Zerschlagung von Demonstrationen, die Tötung von Menschen, das Abbrennen aufsässiger Dörfer durch das Militär. Die übrige Welt, die so sehr mit sich selbst beschäftigt ist, sollte davon erfahren. Wenigstens das, wenn sie schon nicht helfen kann...«

Das Rätsel löste sich auf, die Geschichte nahm endgültig Konturen an. Verständlich, daß dieser Mata-Mata, wie der wohlklingendere Ausdruck für Schnüffler lautete, auf die Filme aus dem Gepäck des Toten scharf war.

Irgendwo auf der Yacht spielte ein Radio, das auf die Inseln im Süden eingestellt war, vermutlich von den Burschen, die Mrs. Porteiras schützten, *Vanua Levu*. Ich lauschte der einschmeichelnden Melodie, und es hatte den Anschein, als sei auch Mrs. Porteiras mit ihren Gedanken eher im fernen Pazifik als bei unserem Gespräch.

Bis ich sie dann fragte: »Wer wußte von Ihrem Flug?«

»Außer mir und Singgi niemand.«

Natürlich würde ihr Hauspersonal davon gewußt haben, aber es konnte auch anders zusammenhängen, daß die Jäger bereits in Hongkong gewartet hatten, als die kleine Maschine hier aufsetzte.

»Zwischenlandungen?«

»In Sandakan und in Manila. Tanken.«

Da hatte es entweder in Sabah oder auf den Philippinen einen Informanten gegeben, der Djakarta über diese Maschine aus Ost-Timor ins Bild setzte. Die Dienste hatten überall ihre bezahlten Augen. In Hongkong angekommen, mußte Mister Singgi noch Zeit gehabt haben, zuerst das Filmmaterial an einen sicheren Ort zu bringen und sich dann mit dem Mann von der Vereinigung zum Schutz verfolgter Minderheiten zu verständigen. Mrs. Porteiras bestätigte das: »Es handelt sich um belichtetes Negativmaterial. Singgi arbeitete noch auf Zelluloid. Er schaffte es sofort in die Kopieranstalt von Kodak, und am Abend wollte er sich mit mir treffen. Ich hatte im King's sogar ein Zimmer für ihn reservieren lassen. Am nächsten Morgen, als er noch immer nicht da war, rief ich Mister Liu Tse-mo an, und danach wandte ich mich an die Polizei. Die wies mich auf einen unbekannten Toten in diesem Leichenschauhaus hin...«

Den Rest kannte ich. Tuan Subutu mußte instinktiv zugeschlagen und erst danach die Überlegung angestellt haben, daß es um die Filme ging, nicht um den

Mann. Da war es schon zu spät. Vielleicht hatte es auch ein Mißverständnis gegeben zwischen Subutu und seinen Killern. Sie verfuhren möglicherweise in der falschen Reihenfolge. Und dann erst konzentrierten sie ihre Suche auf Mrs. Porteiras. Schließlich auf mich, weil ich mit ihr Verbindung aufnahm. Liu Tse-mo war das Opfer der Fehlspekulation, nach der er bereits das Material hatte.

»Können Sie mir erzählen, was den Kerl, der Goldfischer heißt, bewog, im Queen Elizabeth den Überfall auf Sie zu versuchen?« fragte ich. Sie vermutete, Ratlosigkeit der Leute, die auf der Jagd nach den Filmen waren.

»Sie wissen nicht, wo man das Filmmaterial noch suchen könnte, nachdem Singgi tot ist. Mein Flugzeug haben sie bestimmt schon durchsucht, mein Hotelzimmer sowieso. Ich halte es auch für ein Zeichen dieser Ratlosigkeit, daß sie versuchten, Ihr Auto, während Sie es einen Augenblick unbewacht ließen, in die Luft zu sprengen...«

Es war ihr neu, als ich ihr mitteilte, dieser Anschlag mit Semtex sei genau vor dem Büro eines Herrn passiert, der zur Familie des Tai Pans gehörte, auf dessen Yacht wir gegenwärtig saßen.

»Die Leute beobachteten mich«, sprach ich meine Vermutung aus. »Sie vermuteten wohl, daß ich das, was sie suchten, von Eugene Hsu übergeben bekam und in meinen Wagen brachte. Mit Hsu selbst wollten sie sich nicht anlegen, der hat genug gefährliche Leute zur Verfügung, die ihnen selbst in Djakarta noch

Feuer unter dem Hintern machen können. Da entschieden sie sich für die Vernichtung durch Sprengstoff. Erfuhren, daß die Sache fehlging und ich selbst das Material nicht hatte, obwohl ich es ihnen sogar über eine Zeitung suggeriert hatte. Deshalb suchten sie bei Liu Tse-mo. Als ich dazukam, schläferten sie mich ein, weil sie ohnehin wußten, daß ich selbst noch auf der Suche war. Und weil ich einen guten Täter abgab. Aber – verehrte Mrs. Porteiras, wo eigentlich könnten diese Filme nun sein?«

Sie hatte aufmerksam zugehört, jetzt schwieg sie, sah mich mit einem Blick an, der mich überzeugte, daß sie die Wahrheit sagte.

»Ich weiß es nicht.«

»Sie müssen doch wenigstens eine Vermutung haben!«

Zaghaft gestand sie mir: »Ich... hatte insgeheim gehofft, Sie wüßten das!«

Das verschlug mir vorerst den Atem. Ich nahm einen Schluck von dem inzwischen sehr kühlen und vom getauten Eis verwässerten Whisky, was mich trotzdem wieder einmal unangenehm an Tuan Subutus angeblichen Bushmills erinnerte, dann überlegte ich in Ruhe. Sie hatte die Legende von Louis-Mountbatten Fung in der Zeitung gelesen und ernstgenommen, klar, bloß daß das eben eine Legende gewesen war. Es fiel mir einigermaßen schwer, ihr die Illusion zu nehmen, ich wisse mehr über das begehrte Material, aber schließlich glaubte sie mir doch, jedenfalls sagte sie das, und wir beratschlagten beide, was zu tun sei.

»Sie könnten die ganze Sache vergessen und nach Timor zurückfliegen«, schlug ich vor.

»Nicht nach dem Tode Singgis.« Es klang starrsinnig, paßte so gar nicht zu dieser sonst umgänglichen Frau. Und sie fügte noch hinzu: »Man hätte auch mich beinahe umgebracht. Danach ist alles anders, Mister Lim Tok. Wollen Sie mir weiterhelfen?«

Wie sie sich meine Hilfe vorstellte, wußte sie selbst noch nicht genau. Aber sie hatte meine fünfstellige Honorarforderung akzeptiert. Bezahlung und dazu noch Hilfe von ihren Beschützern – einer selbst Detektiv, der kurz hintereinander ein paar lohnende Fälle gelöst hat. Für Verlockungen solcher Art bin ich mindestens ebenso empfänglich wie ein Politiker für einen Scheck der Bank of China.

Ich kam nach einiger Zeit auf die Idee, Bobby Hsiang anzurufen. Schließlich hatte die Polizei zwei Morde und einen versuchten Mord auf dem Hals, also konnte man Aktion erwarten.

Mein alter Freund Bobby riet mir, meine Magnum abzuholen, sie sei überprüft, ich selbst außer Verdacht.

»Hat der Goldfischer schon gesungen?«

Bobby ließ sich Zeit, ehe er mürrisch antwortete: »Dünnes Stimmchen. Ist in der Kneipe eines gewissen Nguyen Ho Dung von einem anderen angeworben worden, für schnelle Münze. Wir haben ihm das Foto des Mannes am Lampenpfosten in Kowloon gezeigt, er sagt, der war da auch manchmal. Im Jade Garden haben wir einen halbvollen Kasten Semtex und zwei

Pistolen gefunden. Hat er von einem Mann bekommen, an dessen Gesicht er sich nicht erinnert...«

Zwei Pistolen, das bedeutete nach Hongkonger Regeln eine Haftstrafe.

»Er kennt den Indonesier nicht?«

»Sagt, er hat mit einem Mann verhandelt, der englisch sprach. Gibt zu, daß die Bezahlung hoch war, was auf Arbeit für einen Ausländer hindeutet. Aber ob der Mann einen Schnurrbart hatte oder nicht, darauf hat er nicht geachtet. Sagt er.«

»Heute. Vielleicht singt er morgen.«

»Wo bist du?« wollte Bobby wissen.

Ich sagte es ihm, obwohl Mrs. Porteiras mich dabei mißbilligend ansah. Bobby schwieg eine Weile. Wenn die Frau aus Timor mit dem Clanchef Tsung Da-hsien verbandelt war, dann bedeutete das, die Triade 314 würde sich mit ihren Gegenspielern beschäftigen, sobald sie es wünschte. Das aber konnte nach allem, was man aus der Vergangenheit kannte, einen mittleren Bandenkrieg auslösen, denn es gab natürlich auch andere Triaden, die mit ihren Landsleuten in Indonesien paktierten.

»Einer von den Leuten, die der Indonesier in dieser Vietnamesenkneipe rekrutiert hat, muß den Kerl am Lampenpfosten in Kowloon getötet haben«, sagte Bobby. »Vermutlich, damit er nichts aussagen kann. Wir müssen damit rechnen, daß der Goldfischer auch in Gefahr ist.«

»Obwohl er bei euch einsitzt!«

Er lachte. »Weißt du, wieviele Gefangene im letzten Jahr umgebracht wurden auf Weisung von draußen?«

Ich wollte die Zahl nicht hören. Natürlich, wenn Tuan Subutu es wollte, würde er einen Mann finden, der den Goldfischer auslöschte, Gefängnis oder nicht. Aber da gab es ja noch den Kerl, den ich mit Hilfe des kleinen Lum in Aberdeen lahmgelegt hatte. Lung Tso hatte er gesagt, hieß er. Und er hatte Tuan Subutu gesehen. Konnte ihn notfalls identifizieren. Ich hatte ihn gezielt laufenlassen. Mochte er sich zunächst sicher fühlen. Irgendwann traf ich wieder einmal auf ihn, denn Subutu würde ihn weiter auf meine Fährte setzen, ohne zu ahnen, daß ich ihn kannte. Doch zunächst nahm ich mir vor, einen Blick in diese ominöse Vietnamesenkneipe zu werfen und zu sehen, was da zu machen war.

»Mrs. Porteiras«, wandte ich mich an die Dame des Dampfers, »mir fällt da eine Möglichkeit ein, die uns vielleicht weiterbringt. Werden Sie hierbleiben?«

»Ich bin hier sicher.«

Das war sie. Ich trank den Rest Wasser mit Whiskygeschmack aus und machte mich auf den Weg, nachdem ich das Angebot akzeptiert hatte, daß mich einer der Leibwächter, namens Amin, mit dem eleganten Auto kutschieren und zugleich für meinen Schutz sorgen würde.

Der Bursche war anstellig, das fand ich heraus, als wir uns während der Fahrt unterhielten. Und er war auf seine Chefin so eingeschworen, daß er jeden Mann verehrte, der sich für sie einsetzte. Wir fuhren bis in die Nähe des Sportforums an der Gloucester Road. Von hier waren es nur noch ein paar hundert Meter bis zur Tonnochy Road. Und zu Fuß fiel man hier nicht auf, es sei denn, man war ein Tourist in kurzen Hosen und die Taschendiebe visierten einen wegen der Geldtasche.

Amin sprach Englisch, und meist fielen ihm die richtigen Vokabeln ein. Wir heckten eine gemeinsame Vorgehensweise aus. Aus der Fahrertür winkte er mir nach, als ich mich zuerst auf den Weg machte. Hinter diesem freundlich grinsenden indonesischen Gesicht verbarg sich ein Mann, der ganz schnell und auf unerwartete Weise zur Sache kam, abgesehen davon, daß er für einen Leibwächter ungewöhnlich intelligent zu sein schien. Nun ja, die Plantagenbesitzer in portugiesisch Timor hatten sich bestimmt nicht die dümmsten Helfer ausgesucht.

Die Kneipe des Vietnamesen hieß *Honkytonk* und sah auch so aus. Für die Laternenmachergasse war sie immerhin noch ein achtbares Etablissement, denn die Handwerker logierten hier meist in den althergebrachten ebenerdigen, aus einem einzigen Raum bestehenden *Einfahrten*, die nachts mit Rolläden gesichert wurden. Bei einem Wetter, wie es jetzt im Hochsommer herrschte, schlief hier jeder, der sich einen Hitzschlag ersparen wollte, auf einer hölzernen Liege vor seinem Laden. Manchmal auch auf einer Lage alter Kartons.

Noch war nicht Abend, aber es gab in dem Gewimmel von alten Leuten, die hier wohnten, Kindern,

Müttern mit Säuglingen auf dem Rücken, Lastenrikschas und Dreirädern mit stinkender Auspuffahne, die Materialien wie Papier und Leim anlieferten, auch Fisch für einen oder zwei Läden, Räucherenten und steinharte Würste, jene für die Leute in unseren abseits der Touristenpfade gelegenen Gegenden so typische Ruhe inmitten chaotischen Durcheinanders. Selbst wenn nebenan gerade einer starb, schlief man ungestört weiter, es sei denn, Hilfe konnte ihn tatsächlich noch retten, dann nämlich half man ihm, denn das gehörte sich. Sonst respektierte man sein Dahinscheiden eben und machte sich erst nach Ablauf seiner Daseinsfrist zur Trauer bereit.

Nguyen Ho Dung war noch nicht vom Hinscheiden bedroht, er war in einem Alter, das viele Leute als das beste bezeichneten. Und er war größer, als ich Vietnamesen in Erinnerung hatte. Einen breiten Brustkorb hatte er und mächtige Muskeln, der Kopf erinnerte an eine Granate, und die Hände an Riesenfarne. Ein Mann, mit dem man sich lieber nicht auf Tätlichkeiten einließ. Jedenfalls die richtige Figur für einen Kneiper in der Laternenmachergasse. Auf seinem rechten Oberarm, gewissermaßen als äußere Zierde seiner imponierenden Muskeln, saß eine große Tätowierung: Weltkugel, Anker und Adler, und darüber das *Semper Fidelis*. United States Marine Corps.

»Bier?« erkundigte er sich, als ich an die Theke trat, wo er wie ein einsamer Fels stand, denn der Laden war um diese Zeit leer.

»Coors?« fragte ich. Er nickte grinsend. Während er

sich nach der Flasche bückte, begann ich so vor mich hin zu zitieren: »From the Halls of Montezuma

To the shores of Tripoli;

We fight our countries battles

In the air, on land, and sea...«

Weiter ließ er mich zum Glück nicht kommen, denn ab da waren meine Kenntnisse nicht ganz lückenlos, vor allem bekam ich *right*, *freedom* und *honor* fast nie in die richtige Reihenfolge. Und ich konnte ja schlecht meine Mutter konsultieren, die jede Zeile im Schlaf aufsagen könnte, gewissermaßen als lyrisches Vermächtnis an meinen Vater für ewig bewahrt. Der Vietnamese kam hinter der Theke hoch und wollte wissen: »Gedient?«

»Nicht bei den Marines«, antwortete ich. »Mein Vater war dabei, in der Luft...«

Er stellte sich vor, was überflüssig war, nur daß er es nicht ahnte, und er hielt mir die Hand über den Tresen zur Begrüßung hin. Ließ das Bier aus der Flasche ins Glas laufen und teilte mir dabei freudestrahlend mit: »Auch ich habe nicht direkt bei den Marines gedient. Aber ich war bei ihnen angestellt. In Danang. Offizierskantine. Die letzte gute Bar zwischen Saigon und Tokio!«

»Ah!« machte ich anerkennend. »Und jetzt haben Sie sozusagen ein Spezialitätenrestaurant hier?«

Das Bierglas war voll, er schob es mir hin.

»Einige Spezialitäten führen wir. Aber nur wenige. Möchten Sie gern ein Saigoner Röllchen probieren? Das Öl siedet noch, ich brauche nur eins einzulegen.«

Vermutlich siedete das Öl schon seit vierzehn Tagen, und ich entschied mich, den Genuß aufzuschieben. Zumal gerade Amin, wie verabredet, das Lokal betrat. Wir beide waren immer noch die einzigen Gäste. Amin knallte sich ein paar Hocker weiter vor den Tresen und verlangte ungefragt: »Bier!«

Der Vietnamese streifte ihn mit einem nicht sehr freundlichen Blick und griff nach einem Glas. Amin hatte so deutlich mit Akzent gesprochen, daß Nguyen Ho Dung ihn für einen Indonesier halten würde, zumal das hochgradig schon an seiner äußeren Erscheinung zu erkennen war – auch er trug einen dieser feinen Strichschnurrbärte, wie sie der Präsidentensohn Tommy in Mode gebracht haben soll, seitdem er sich auf der ihm gehörenden Autorennbahn in Java öfters in seinem Lamborghini fotografieren ließ.

Ich nippte an meinem Coors. Ohne mich auch nur mit einem Blick zu streifen, erkundigte sich Amin barsch bei dem Kneiper: »Chef heute schon dagewesen?«

Die Antwort blieb zunächst aus, aber nicht lange, denn als Nguyen Ho Dung das Bier vor Amin hinstellte, langte der kurzerhand über den Tresen, griff sich des Vietnamesen Haarschopf und knallte dessen Gesicht auf die Theke. Muskeln und Oberweite Nguyen Ho Dungs schienen nicht das zu halten, was sie versprachen, denn er konnte sich nicht befreien. Amin hielt ihn mit der Nase auf der Platte fest und sagte drohend leise: »Ich habe dich was gefragt!«

Erst als er den Vietnamesen losließ, antwortete der

wütend: »Ich schneide dir die Ohren ab, Klugscheißer!«

Er betastete seine Nase, die beim Aufprall auf die Theke gelitten hatte. Amin spielte seine Rolle hervorragend. Der Mann wäre eine echte Bereicherung der Hongkonger Szene gewesen. Aber vermutlich verdiente er in Timor ebenso gut. Als der Kneipier unter den Tresen griff, dorthin, wo man in Hongkong wegen des Schußwaffenverbots den Baseballschläger liegen hat, kam Amin ihm zuvor. Er machte aus dem Stand einen Satz über die Theke hinweg, landete hinter dem Vietnamesen und hieb ihn mit der geballten Faust einmal auf die Schädeldecke.

Zuerst polterte der Baseballschläger zu Boden, dann sank der Vietnamese benommen in sich zusammen, hielt sich gerade noch am Rand der Theke fest. Amin beförderte den Schläger mit einem Fußtritt weit weg, den Vietnamesen, der sich ein wenig vom Schock erholte, und der gerade die rechte Faust ballte, knallte er mit dem Brustkorb gegen die Kante des Schanktisches, daß ich gewiß war, mindestens drei Rippen wären dabei angeknackst.

Für Schmerzäußerungen ließ Amin dem Überraschten nun ebensowenig Zeit wie zur Gegenwehr. Er schob ihm das Telefon hin und fauchte: »Anrufen, los. Tuan Subutu. Habe gehört, er kann Leute mit Mumm brauchen, nachdem ein Herr namens Goldfischer in der Büchse sitzt und zwei andere kalt sind...«

Ich tat, als gäbe es außer meinem Bier nur noch die eigenen Fingernägel, die ich so aufmerksam betrachtete, daß ich für nichts sonst Augen hatte, ganz wie ich es mit Amin verabredet hatte. Er war ein cleverer Junge, überraschte mich dadurch, daß er viele Rollen im Repertoire zu haben schien.

Jetzt ermunterte er den Vietnamesen beinahe freundlich: »Los, wähl schon, ich habe nicht den ganzen Tag. Kriegst nachher einen Dollar Schmerzensgeld. Aber nur, wenn du nicht wieder den Helden spielst!«

Der Vietnamese begann zu wählen. Nach einer Weile versuchte er, sich aus seiner leicht zusammengekrümmten Haltung aufzurichten, während er leicht näselnd ins Telefon sagte: »Mister, hier ist ein Mann, der...«

»Gib her!« Amin nahm ihm den Hörer ab, und dann begann er, ohne auf Einwände zu reagieren, seinem Gesprächspartner genau das zu erzählen, was wir vorher besprochen hatten: Er sei inhaftiert gewesen, wegen eines geringfügigen Problems in einer Spielhalle. In der Haftzelle habe er einen Hiesigen kennengelernt, der sich Goldfischer nannte, und der ihm geraten habe, sich wegen eines lohnenden Auftrages eventuell an ihn zu wenden, er würde nach einigen Ausfällen sicher einen anstelligen Ersatzmann brauchen...

Nur, daß er es ihm in der indonesischen Sprache erzählte und sich selbst so unverwechselbar als Indonesier vorstellte, daß kein Zweifel bleiben konnte, woher er kam. Das machte er mit einem Gesicht, das so harmlos war, daß nicht einmal Nguyen Ho Dung Verdacht geschöpft hätte, vorausgesetzt, er hätte überhaupt Indonesisch verstanden. Für ihn war dieser Besucher einfach ein gefährlich reizbarer Rüpel, und ansonsten hatte er mit seiner lädierten Nase zu tun. Amin legte den Hörer auf. Offenbar hatte der Trick geklappt, denn er tat genau das, was wir vereinbart hatten, er sah mich drohend an und befahl: »Trink aus und verpiß dich!«

Ich leerte mein Glas und warf einen Geldschein auf die Theke. Amin fauchte den Vietnamesen an: »Bring ihn raus. Bleib an der Tür. Keiner kommt rein, bis ich mit dem Chef gesprochen habe!«

Draußen ging ich zu Mrs. Porteiras' Auto zurück und setzte mich auf den Beifahrersitz, behielt das Stück Laternenmachergasse im Auge. Ich hatte immerhin eine halbe Stunde zu warten und rauchte dabei, bis dann plötzlich eine teure Limousine erschien, mit getönten Scheiben. Sie hielt genau vor der Kneipe. Tuan Subutu war selbst gefahren, er stieg an der rechten Seite aus, warf einen mißtrauischen Blick in die Runde, und dann wurde er von Nguyen Ho Dung durch die Tür gewinkt. Ein feiner Herr in weißem Tropenanzug, der federnd die paar Schritte zurücklegte. Imposant sind Gauner meist, aber nur die größeren.

Ich wechselte auf den Fahrersitz, fuhr ein Stück weiter und wendete, damit ich in der Richtung stand, aus der Subutu gekommen war. Eine weitere halbe Stunde später verließ er die Kneipe, blickte wieder um sich, stieg in seine Limousine und tat mir den Gefallen, zu wenden und in die Richtung zu fahren, in der ich stand.

Es ging um den Wanchai-Sportplatz herum auf die Gloucester Road hinaus, und hier am Victoria Park vorbei in Richtung Happy Valley. Die Gegend wurde zusehends grüner, je weiter südlich von Wanchai wir uns befanden. Bald war das Gelände der Pferderennbahn zu sehen. Happy Valley hat, mit Shatin verglichen, wo sich die andere Rennbahn befindet, die schöneren Anlagen. Von Oktober bis Mai, wenn dann die Hitze zu stark wird, kann der betuchte Bürger hier mindestens zweimal die Woche Geld verlieren oder gewinnen.

Glauben Sie bitte nicht, daß nur die reicheren Mitglieder des Jockey Clubs sich hier einfinden, nein, auch der sprichwörtliche kleine Mann darf mitwetten. Um geringere Beträge, versteht sich. Aber der Tribünenplatz kostet ihn bloß zehn Dollar, während der Herr in Nadelstreifen schon anstandshalber einen Clubsitz für die vierfache Summe erstehen muß, um nicht in den Verdacht der Verarmung zu geraten.

In der letzten Zeit, da so ziemlich jedes freie Stückchen Land in der Kolonie mit gewinnträchtigen Wohnblocks bepflastert wird, hatten in der Nähe des A-Ma-Hügels mit seinem Tempel, in Richtung Aberdeen-Tunnel, eine Reihe von Außenseitern in der Baubranche großzügige Villen gebaut, sie mit schon länger gezogenen Bäumen umpflanzt und so ein Reservat für Leute geschaffen, denen es ganz recht ist, daß ein etwas besonderer Wohngeschmack auch etwas mehr kostet.

Tuan Subutu, das fand ich auf diese Weise heraus,

logierte also nicht in der Vertretung seines Landes, sondern in einem weißen Mini-Palast mit Swimmingpool und Tennisplatz. Ein bißchen zu großspurig für einen Mann, der eigentlich nur zur Erledigung einer befristeten Aufgabe in der Kolonie weilt.

Es ist immer gut, in den Dienststellen der Administration ein paar gute Freunde zu haben. Das traf nicht nur auf Tuan Subutu zu, dem das ein angenehmes Domizil eingebracht hatte, sondern auch auf mich, denn ich tippte, während ich in Sichtweite von Tuan Subutus Haus parkte, die Nummer des Einwohneramtes in mein Telefon und bekam auch nach kurzer Zeit genau den Beamten an den Draht, von dem ich wußte, er würde mir ohne lästige Fragen Auskunft geben. »Wirf deinen Computer an«, ermunterte ich ihn, brannte mir eine neue Zigarette an und machte mich auf eine lange Wartezeit gefaßt. Aber er meldete sich bereits nach Sekunden wieder: »Achtung, fremdländisches Eigentum! Laß die Finger davon. Gehört dem Konsul eines befreundeten Landes, als Gästequartier benutzt, gelegentlich, in der angenehmeren Jahreszeit auch für Gartenparties mit Eintauchen in das Schwimmbad...«

Ich hatte genug gehört. Solche Quartiere besaß jedes Konsulat, große Firmen besaßen sie, auch Leute wie Tsung Da-hsien, der hatte sich allerdings in Shatin angesiedelt. Vollklimatisierte Inseln im Betonmeer der Kolonie. Ruhepunkte und Mikrozentren der Geselligkeit. Sehr vorsichtig, daß Tuan Subutu sich bei seiner wenig astreinen Mission abseits der offiziellen Büros im Embassy Court hielt. Ein Mann der Praxis.

Ich besah mir die Villa etwas genauer von außen, allerdings so, daß niemand auf mich aufmerksam werden konnte. Sie schien im Erdgeschoß große Räume zu haben, in der oberen Etage Apartments mit Bädern. Vollklimatisiert, mit dem zentralen Ansaugkasten für Frischluft, die gekühlt ins Haus geleitet wurde.

Nachdenklich begab ich mich wieder zu meinem Auto. Dies war eine nicht so leicht einzunehmende Burg. Kaum fuhr ich an, da wimmerte mein Telefon wieder.

Amin wollte wissen, ob alles geklappt hätte. Der Partner, auf den Verlaß war, wie ich immer mehr begriff. Er war bereits wieder auf der Yacht bei Mrs. Porteiras, und er versicherte mir lachend, ihm sei keiner gefolgt, er habe ein Taxi benutzt, dessen Fahrer vermutlich am Rande eines Amoklaufes stand.

Als ich ihm berichtete, alles habe geklappt, deutete er an, auch er habe mit dem fremden Herrn zu einer Vereinbarung kommen können. Ich witterte die Möglichkeit, doch bald zu einem Ergebnis zu gelangen. Aber noch war es wohl nicht so weit.

Dieser Tuan Subutu war im Besitz des verdammten Diplomatenpasses, und außerdem fehlte immer noch jede Spur von dem Objekt, um das es überhaupt ging, dem Behälter mit den Filmen, die der nun so tote Schützling der Mrs. Porteiras in Ost-Timor aufgenommen hatte. Bevor wir da nicht fündig geworden waren, blieb die Hauptsache – jedenfalls für Mrs. Porteiras – unerledigt.

Ich machte mich auf den Weg zum Yachthafen an der Causeway Bay, und hier traf ich einen vergnügten Amin, der mir gleich wieder Whisky mit Eis anbot, was Mrs. Porteiras zu meinem Leidwesen noch unterstützte.

Ich nippte nur daran. Amin war es, wie er schilderte, gelungen, das Vertrauen Subutus soweit zu erringen, daß dieser ihm versprach, er werde sehen, ob es etwas für ihn zu tun gäbe. Wie es schien, konnte er einen neuen Mann dringend gebrauchen, nachdem er bereits zwei verloren hatte. Ob er aber Amin noch trauen würde, nachdem er sich über ihn erkundigt hatte? Als erfahrener Mata-Mata würde er das mit Sicherheit tun. Ich hoffte, Amin hatte eine gußeiserne Legende vorbereitet, er stand einem Profi gegenüber, der vermutlich jeden Trick im Buch kannte.

Verblüfft sah ich auf Amins Handteller, als er ihn mir unter die Nase hielt. Da lag ein flacher Schlüssel, der täuschend jenem ähnelte, den ich zu Anfang der Geschichte dem Kerl abgenommen hatte, der mir den eigenen Revolver ins Genick hielt. Damals hatte ich in dem dazugehörenden Fach in der Poststelle Lai Chi Kok Road die Adresse Liu Tse-mos mit dem Haken dahinter gefunden.

»Er paßt für ein Gepäckfach im Grand Hyatt«, vermeldete er, »alle zwei Tage soll ich dort nachgucken, ob was für mich abgelegt ist.«

Die Methode hatte Tuan Subutu also nicht geändert, nur das Schließfach hatte er gewechselt. Ich kannte das Grand Hyatt. Es lag an der Hafenseite von Wanchai, in dem Koloß, der sich Kongreßzentrum nannte, und von dem manche Einheimische sagten, lediglich der Dachgarten sei am Abend einen Besuch wert.

»Übermorgen werde ich das Fach öffnen«, sagte Amin, »und dann wird sich herausstellen, ob der feine Herr aus Djakarta anbeißt oder nicht.«

Er wird vorher ganz genau deine Biografie durchleuchten, dachte ich, er wird seine Leute in Djakarta haben, und die werden vielleicht herausfinden, bei wem du engagiert bist. Aber als ich meine Bedenken laut werden ließ, winkte Amin selbstsicher ab: »Er wird genau das finden, was er finden soll, Mister Lim Tok. So schlau wie unsere Mata-Matas sind wir schon lange. Übrigens steht vor dem Eingang zum Yachthafen ein Auto mit einem Mann, der exakt so aussieht, als säße er auf Observierung. Kann das uns gelten?«

»Mir«, antwortete ich. Lung Tso hatte Posten bezogen.

»Fotografiert er?« Ich fragte das, weil Subutu immerhin Amin erkennen könnte, wenn er ein Bild gezeigt bekam. Aber Amin hatte keinen Fotoapparat gesehen.

Ich hatte das Bedürfnis, erst einmal auszuschlafen, und zwar auf meiner Dschunke. Aber ich fürchtete, ich würde kaum in den Schlaf kommen – das war immer so, wenn ich während eines Falles, an dem ich arbeitete, nach dem entscheidenden Haken suchte, den die Sache hatte, und der mich der Lösung näherbringen konnte.

Bei Morden sagt nicht selten der Tote selbst mehr aus als der Tatort und die möglichen Motive. Der Tote. Herr Singgi, der in Mong Kok im Schauhaus lag. Ich rief den Kameraschwenker Tim Tsen an, dem ich es verdankte, daß ich in diese Geschichte überhaupt hineingeraten war. Ob der tote Indonesier noch da sei.

»Natürlich ist er da. Die Polizei hatte ihn schon mal freigegeben, aber jetzt haben sie ihre Meinung geändert, und wir bekamen den Auftrag, zu warten.«

»Ich kann ihn ohne Formalitäten sehen?«

»Noch einmal?« wunderte sich Tim Tsen. »Hat der Film nicht gereicht?«

»Ich komme«, kündigte ich mich an und klappte das Funktelefon zusammen.

Amin brachte mich zuerst nach Aberdeen, wo ich nach dem rechten sah, dann kletterte ich in meinen Toyota und schüttelte zuerst mit dem Einbahnstraßentrick Lung Tso ab, der wahrlich ein schlechter Griff Subutus war, denn von Verfolgung per Auto hatte er keine Ahnung. Dann stürzte ich mich in Hongkongs Verkehrsgewühl. Irgend etwas fehlte, um die Sache endgültig in den Griff zu bekommen. Es war nicht allein das Filmmaterial – ich hatte etwas übersehen. Die Ereignisse waren zu schnell aufeinander gefolgt, hatten mich abgelenkt. Zurück an den Ort, an dem es begann, das war mein Rezept, um hinter Lücken zu kommen.

Im Tunnel war ein Anhänger mit Gemüse umgekippt. Als ich mich endlich an Kohlrüben, Zwiebeln, Lauch, Bambussprossen und Pilzen vorbeigeschlängelt hatte, rief Bobby Hsiang an.

Der Goldfischer war bereit, den Mann zu identifizieren, wenn man ihm ein Foto vorhielte und wenn man ihm zusagte, daß niemand ihn öffentlich als Zeugen benennen würde.

»Sag es ihm zu«, riet ich Bobby sofort, obwohl ich wußte, er durfte das nicht. Selbst der Staatsanwalt war dazu nicht so ohne weiteres berechtigt. Aber ich brachte Bobby bei: »Ich habe da vielleicht eine Idee, wie wir den Schnurrbärtigen in seiner weißen Villa aufs Kreuz legen können, trotz Diplomatenpaß und all dem Rest. Gib mir noch ein oder zwei Tage!«

Ich hatte keinesfalls eine perfekte Idee, aber ich spürte, daß ich der Sache näherkam, und einen Zeugen wie Goldfischer durften wir nicht ungenutzt lassen.

Also rangelte ich mich weiter über Kowloons Straßen bis hinauf nach Mong Kok, und als ich endlich an der Leichenhalle anlangte, lief da gerade eine offizielle Identifizierung mit Beamten und einem Rudel Rechtsanwälten, so daß ich förmlich gezwungen wurde, mich auszuruhen. Es tat mir gut nach der Hektik der letzten Tage.

Timmy Tsen empfing mich mit säuerlichem Gesicht. Ich spürte, daß es Ärger gegeben hatte, an dem er keine Schuld trug. Timmy liebte es nicht, wenn ihm unsorgfältiger Umgang mit Leichen unterschoben wurde.

»Man behandelt sie wie die eigenen Kinder«, schimpfte er, »und dann kommen ein paar solche Affen in Zweireihern und maulen darüber, daß man den Toten nicht noch italienische Designerschuhe anzieht! Was kann ich für Sie tun, Mister Lim Tok?«

»Mir den Indonesier noch einmal zeigen. In natura.«

Er war sofort dazu bereit. Ich folgte ihm in seinen Arbeitsraum, in dem von Papierhemden bis Kunstblumen alles kunterbunt durcheinanderlag. Das einzige, was einigermaßen in Ordnung und aufgeräumt schien, war die Kameraanlage, die vermittels einer Steuerung an der Zimmerwand betätigt wurde.

Während er sich etwas notierte, das vermutlich mit dem vorhergehenden Ärger zu tun hatte, eröffnete ich Tim Tsen: »Übrigens heißt der unbekannte Tote Singgi und stammt aus Ost-Timor.«

»Ist das wahr?«

»Es ist wahr. Und Ost-Timor liegt da unten, kurz vor Australien.«

»Ich weiß, wo das liegt. Bin nicht blöd.«

Er griff sich einen dieser Anhänger aus Karton, mit dem Bändchen dran, das um den großen Zeh der Leiche zu knoten war, und schrieb den Namen darauf. Ohne zu fragen, woher ich ihn wußte, ging er vor mir her in das kühle Gewölbe mit den Frostfächern, zog eines davon heraus, und da lag er nun vor mir, der tote Mann von dem Filmstreifen, der uns nicht mehr sagen konnte, wo er das versteckt hatte, weswegen er sterben mußte.

Ich trat näher heran und suchte nach Zeichen, die mir Aufschluß geben könnten – es gab sie nicht. Wahrscheinlich war es doch keine so gute Idee von mir gewesen, ihn zu besichtigen. Tim Tsen zog das Decktuch ab, und ich sah den Einschuß in der Brust, auch die lange, bis zum Schambein laufende Narbe der Sektion, die mit ein paar groben Stichen zugenäht war.

»Hat er andere Wunden? Am Rücken? Sonst was?«

Tim Tsen schüttelte den Kopf. »Nichts. Nicht mal einen Fingernagelkratzer. Junge, gesunde Haut. Nichts am Kopf beschädigt, nichts gebrochen, alles ohne Besonderheiten. Ich habe den Obduktionsbericht gesehen. Nur der Schuß...«

»Man sieht keine Schmauchspuren«, bemerkte ich. »Der Mörder hat ihn demnach aus einiger Entfernung erschossen. Oder ist er gewaschen worden?«

Tim Tsen zog die Brauen hoch. »Kein Schmauch gewesen, die Kugel wurde nicht gefunden. Austritt im Rücken. Soll ich ihn umdrehen?«

Ich konnte das gerade noch verhindern. Es würde mich nicht klüger machen. So murmelte ich mehr zu mir als zu Tim Tsen: »Wird Hemd oder Jacke angehabt haben, wenn es Schmauch gegeben hat, haftet er da dran...«

Aber da schüttelte der Kameraschwenker, einer der Männer, den manche Hongkonger die *Herren der Leichen* nennen, energisch den Kopf und erklärte: »Blut war auf der Jacke. Auf dem Hemd auch. Sonst nichts. Wenn Sie mich fragen, es war kein aufgesetzter Schuß, wie wir ihn manchmal haben...«

»Sie haben die Kleidung gesehen?«

Sein Blick war vorwurfsvoll: »Ich habe sie in den Karton gepackt. Gut daß Sie mich erinnern, ich kann gleich noch den Namen draufschreiben...«

Er drehte den bereits an der Zehe befestigten Anhänger um und las: »Singgi. Was diese Südländer für einfache Namen haben!«

Er hatte überhaupt nichts dagegen, daß ich mir die paar Habseligkeiten des Toten ansah. Jeans und ein verschwitztes helles Hemd, mit dem umbluteten Einschuß. Dazu eine Jeansjacke, auch mit Loch vorn und Loch hinten, und mit Blut. Ein Paar Sandalen.

»Er war Raucher«, bemerkte Tim Tsen, klaubte eine angebrochene Packung *Kretek* aus einer Plastiktüte, dazu ein billiges Wegwerffeuerzeug, etwas Kleingeld, ein Federmesser und ein entwertetes Busticket.

»Kein Ausweis. Ach, einen Ohrring trug er, rechts.« Er zauberte ihn auch noch aus der Tüte hervor. Billig. Konnte von einem Trödler stammen. Uninteressant. Was mich allein interessierte, war das Busticket. Tim Tsen gab es mir, ohne zu zögern. Für ihn schien es wertlos. Und er sagte, als ich ihn fragte, ob ich es mitnehmen dürfe: »Machen Sie damit, was Sie wollen. Die Polizei hat es nicht mal umgedreht.«

Ich drehte es um. Da stand, mit Kugelschreiber hingekritzelt *Muljaneh, 12*.

Als erstes besuchte ich das Busdepot. Ich hatte Glück, das Ticket war, wie mir ein höflicher junger Mann sagte, in Kowloon gelöst worden und für Kowloon gültig. Weil das Papier schon etwas zerknittert und der Entwertungsdruck nicht sehr deutlich zu sehen war, nahm der junge Mann eine starke Lupe zu Hilfe. Nachdem er noch eine Weile in Fahrplänen geblättert hatte, klärte er mich auf: »Das Ticket wurde am Bus Terminal an den Ferry Piers gekauft und in einem Bus entwertet, der nordwärts fuhr, auf Sham Shui Po zu. Es ist ein Doppelticket. Bei der Rückfahrt wurde es in Tai Kok Tsui entwertet. Demnach könnte man vermuten, daß der Benutzer vom Bus Terminal entweder bis Tai Kok Tsui fuhr, oder sogar bis Sham Shui Po. Hilft Ihnen das?«

Natürlich half es mir, erst einmal zu wissen, welche Route Singgi gefahren war. Aber ich erkundigte mich, weil ich den Verdacht hatte, die Fahrt habe etwas mit dem Filmmaterial zu tun gehabt, ob es in dieser Gegend eine Kopieranstalt von einer der größeren Filmfirmen gäbe.

Der junge Mann sperrte sich nicht, hatte offenbar Zeit. Zuvorkommend griff er nach einem Branchenverzeichnis und suchte, bis er mit dem Zeigefinger auf einer Zeile entlangfuhr und mir schmunzelnd mitteilte: »Nun, Sir, die Shaw Brothers werden dort nicht gerade ihre Kung-Fu-Opern entwickeln lassen, aber – es gibt sie. Kodak. Wong Chuk Street. In Sham Shui Po. Entwickeln von Filmen, Schneiden, Anfertigung von Titeln, Umkopieren auf elektronische Träger...«

Ich hatte exakt getroffen: Das war meine Adresse! Der junge Mann freute sich, daß er mir hatte helfen können, und er drückte mir aufgekratzt gleich noch einen Prospekt über die Buslinien der Kolonie in die Hand, empfahl mir eine Rundfahrt im Doppelstockbus mit Aussichtsplattform und machte mich auf die billigen Sammeltickets aufmerksam – er war nicht einmal verstimmt, als ich den Kauf aufschob.

Ich vermutete, daß Singgi von Victoria aus mit der Fähre bis zum Ferry Pier an der Jordan Road gefahren und von dort, wo das Bus Terminal lag, mit einem dieser rollenden Kisten bis hinauf in die Gegend um die Wang Chuk Street gefahren war, um für die Entwicklung der Filme zu sorgen. Nächste Station mußte für mich deshalb die Kodak-Filiale sein.

Ich fand sie leicht, denn es handelte sich um einen größeren Gebäudekomplex, der von außen wie jeder beliebige Backsteinbau aussah, innen aber modern und sogar elegant eingerichtet war, jedenfalls war es die Eingangshalle, in der einige Leute in bequemen Sesseln warteten, andere mit Angestellten verhandelten, die alle die gleichen gelben Arbeitsmäntel trugen, manche sogar weiße Zwirnhandschuhe dazu, wie sie in Hongkong sonst wohl nur noch von Selbstdarstellern in der Taxifahrerzunft benutzt werden.

Die Dame, an die ich mich wandte, war nicht mehr jung, trug eine Nickelbrille, was ihr ein geradezu würdiges Aussehen verlieh, und entpuppte sich trotzdem als recht zugänglich, als ich ihr mein Problem vortrug und ihr die Rückseite des Bustickets zeigte.

Sie warf einen Blick darauf und klärte mich auf: »Das habe ich geschrieben, Sir. Für den Kunden, als Erinnerungshilfe. Sein Material wird von Frau Muljaneh bearbeitet, und er kann ab 12 Uhr am nächsten Tag Auskunft über die Beschaffenheit erhalten, kann weitere Anweisungen vereinbaren, etwa den Schnitt unter seiner Aufsicht, die Komplettierung mit Titeln, Zwischentiteln und was es da so gibt...«

Bevor sie mir die ganze Liste herunterbeten konnte, paßte ich eine Sekunde ab, in der sie Atem holte und warf die Frage dazwischen: »Hat Herr Singgi schon verfügt?«

Sie zog eine dicke Kladde zu Rate, fand nichts, rief dann jemanden an, vermutlich jene Frau Muljaneh, und erfuhr, daß Herr Singgi nichts vereinbart hatte. Man warte immer noch darauf, daß er sich überhaupt melde.

War ich am Ziel? Vorsichtig erkundigte ich mich, ob die Auskunft der Dame bedeutete, das Material sei noch im Haus. »Es liegt bei Frau Muljaneh.«

»Und es ist o.k.?«

Zuerst verstand sie nicht, was ich meinte, aber dann rief sie Frau Muljaneh nochmals an und bekam gesagt, das Material sei in Ordnung, technisch einwandfrei und zur weiteren Bearbeitung entweder im Hause oder beim Kunden selbst bereit. Ich atmete einmal tief durch, bevor ich der bebrillten Dame meine Lizenz zeigte und sie aufklärte, was geschehen war. Sie erwies sich als verständnisvoll und erfaßte, worum es ging, als ich sie bat, auf keinen Fall jemand anderem Auskunft zu geben.

»Auch nicht der Polizei?«

Ich mahnte sie zur Vorsicht: »Heutzutage kann sich

jeder eine Polizeimarke prägen lassen. Kinder spielen schon damit herum. Warten Sie, bis ich selbst mit einem Polizisten komme, oder bis ich einen schicke. In dieser Geschichte sind Würmer!«

Das belustigte sie, aber sie sagte mir zu, daß sie die Sache bis zu meinem nächsten Besuch zunächst vergessen würde. Es sei denn, Mister Singgi käme persönlich.

Vorsichtshalber gab ich ihr die Nummer meines Funktelefons. Über Mister Singgis Schicksal klärte ich sie nicht auf, das hatte Zeit.

Und dann, als ich aus dem Backsteingebäude heraus war und eine einsame Blumenverkäuferin unter einem Schattendach aus Schilfmatten stehen sah, entschloß ich mich zu einer Geste, über die meine Freundin Pipi wohl unwillig die Stirn gerunzelt hätte – ich kaufte einen Orchideenzweig, ließ ihn in einen Zelluloidkasten verpacken, mit einer Schleife in der roten Farbe der Freude und der Kaiser versehen, und flitzte zurück in das Gebäude, wo die freundliche Dame total überwältigt sogar ihre Brille abnahm, als ich ihr das Geschenk in die Hand drückte. Zum Danken ließ ich ihr keine Zeit: Gentlemen entschwinden, bevor ihnen Dank ausgesprochen werden kann, zumal von einer Dame – und ich bestehe darauf – vielleicht im Gegensatz zu der Meinung, die Sie sich über mich gebildet haben –, ein Gentleman zu sein!

Erst als ich in meinem Auto saß und mich südwärts quälte, erinnerte ich mich daran, daß ich nicht gefragt hatte, ob man mir die Filme überhaupt ausliefern würde, wenn ich erklärte, warum Mister Singgi persönlich nicht mehr erscheinen konnte. Aber das war jetzt zweitrangig.

Zuerst rief ich Bobby Hsiang an und informierte ihn über meine Entdeckung. Er hörte sich das alles an und grunzte etwas, das man zur Not für ein Wort der Anerkennung halten konnte. Er war nicht besonders guter Laune, das konnte ich am Tonfall hören, in dem er mir vorschlug, gelegentlich bei ihm vorbeizukommen und meinen Revolver zu holen. Daß ich den von ihm geliehenen mitbringen sollte, sagte er nicht, weil er klug genug war, die Dienstaufsicht einzukalkulieren, die sich gelegentlich als dritter Hörer in die Amtsleitung quetschte.

Mir schien, er habe noch etwas anderes auf dem Herzen, deshalb bot ich ihm an, in Benitos Pizzeria in Victoria einen gemeinsamen Imbiß einzunehmen.

Das war nichts Ungewöhnliches, dort, in dem nischenreichen Bau des Italieners, trafen sich nicht nur Polizeibeamte mit Polizeibeamten zum Mittagessen, sie verabredeten sich auch schon mal mit Informanten oder Leuten, mit denen sie ein privates Wort zu reden hatten. Man saß angenehm in so einer Nische. Der Italiener hatte sein Lokal so eingerichtet, daß Chinesen sich wohlfühlen konnten, und Chinesen, die so dicht beieinander zu leben gewohnt sind, lieben es, sich für ein gutes Essen etwa durch eine Faltwand vom Lärm des übrigen Restaurants abzuschirmen. Diese Gewohnheit hatte im Verlaufe von Jahrhunderten dazu geführt, daß sich solche Faltwände zu wahren Kunstwerken der Schnitzerei oder Malerei entwickelten, und die für Touristen aus Europa oder Amerika sogar im Miniaturformat angefertigten Exemplare waren einer der bestgefragten Handelsartikel. Es gab da echte Raritäten, die aus geschnitztem Elfenbein bestanden, das sich bei näherer Untersuchung allerdings meist als Kamelknochen entpuppte, oder welche aus duftendem Sandelholz – Hongkong ist eine Stadt der Überraschungen und des wachen Geschäftssinns.

Hier, bei Benito, saß man ungestört und konnte sich unterhalten, ohne daß jemand in der Lage war, das Gesprochene zu hören – vielleicht war das der Grund dafür, daß Polizisten hier verkehrten...

Bobby Hsiang legte mir eine Papiertüte mit meiner Magnum hin und einen Quittungsschein, den ich unterschrieb. Dann steckte ich seine Chiefs Special in die Tüte, und wir waren wieder quitt.

»Du bewegst dich auf gefährlichem Terrain«, begann mein alter Freund düster, während er die Speisekarte nach Neuheiten überflog.

Benito bot uns, als er in der Nische erschien, klein, dick, mit geöltem Haar und bunter Schürze, Scampi vom Grill an, auf die wir uns schnell einigten, weil ein Tip von Benito stets ehrlich war. So wurden wir ihn los, nachdem er sich eingehend nach unserem Befinden erkundigt und wir uns einen Teil seiner Familiengeschichte angehört hatten. Zum Dank für unsere Geduld, die gar nicht einmal übermäßig strapaziert worden war, ließ er uns von einer spindeldürren Kellnerin zwei Gläser Rosé auf Kosten des Hauses bringen.

»Was meinst du, worauf ich mich sonst bewege, wenn nicht auf gefährlichem Terrain?« provozierte ich Bobby, und gleichzeitig hob ich das Glas mit dem Rosé und prostete ihm zu.

Er ließ sich Zeit. Trank, brannte sich dann eine von seinen schwarzen Stinkern an, blies den Qualm zur Decke, wo ein Gecko klebte, der mir leidtat, und schließlich sagte er: »Herr Subutu genießt Immunität, obwohl sein Paß von der Sorte ist, wie ihn Geheimdienste stets in der Schublade liegen haben, damit ihre Leute von der Polizei unbehindert arbeiten können. Egal, er kann über seine Vertretung sogar erreichen, daß unsere Behörden dich zurückpfeifen. Oder mich.«

Ich kannte Bobby nicht als ängstlichen Menschen, deshalb lachte ich ihn jetzt aus: »Und du glaubst tatsächlich, ich würde daraufhin Schüttelfrost kriegen?«

»Er kann dir offiziell das Genick brechen lassen, bevor du zum Schütteln kommst.«

»Dann sollte ich ihm das seine vorher brechen. Warum hat dieser Goldfischer so große Angst vor ihm? Er ist unabhängig und hat das kriminelle Format, sich zu behaupten, was kann der Grund sein, daß er Subutu nicht als Auftraggeber identifizieren will und damit seine eigene Haut retten?«

»Angst.«

»Aber der Kerl ist sogar mit Semtex so gut wie perfekt, er sollte wissen, daß wir ihn, wenn wir wollen, hier an die Kette legen können, ohne daß Subutu die Chance kriegt, ihm zu helfen!«

Bobby wiegte den Kopf. »Das weiß er. Aber er ist eingeschüchtert. Denk an die beiden Leichen.«

Ich gab vor, mich zu erinnern: »Ach, ich vergaß, dir zu stecken, daß der tote Indonesier in der Leichenhalle in Mong Kok Singgi heißt. Arbeitete auf einer Plantage in Ost-Timor.«

Er verzog leicht die Mundwinkel. »Mehr weißt du natürlich nicht, oder? Erzähl mir was über diese Filme. Wie hängt das zusammen?«

Ich setzte ihn ins Bild. Wenn er die Zusammenhänge kannte, würde mir das nicht schaden. Es würde mir vielleicht sogar helfen, wenn er mit von der Partie wäre. Und die Interessen meiner Klientin waren dadurch nicht gefährdet. Als ich am Ende der Geschichte war, erkundigte er sich zweifelnd: »Du willst mir sagen, diese Filme sind sicher?«

Er hatte recht mit seinem Zweifel. Wie lange würde es dauern, bis Subutu dahinter kam, daß Singgi das Material zu Kodak gebracht hatte und nicht mehr abholen konnte? »Sicher ist übertrieben«, gab ich deshalb zu. »Ich weiß jedenfalls, wo sie sind.«

Die Scampi kamen. Sie strömten einen verführerischen Duft aus, und wir sahen schweigend und schnuppernd zu, wie die dürre Kellnerin das Gefäß auf die Wärmeplatte stellte, die Soßen und die Beilagen arrangierte und uns dann mit einem Knicks guten Appetit wünschte.

Ich konnte mir eine Bemerkung über ihre Unterernährtheit nicht verkneifen, und Bobby, durch die leckere Mahlzeit in Stimmung gebracht, brummte etwas von modischer Linie, von der Leute nichts verstehen, die auf Dschunken leben. Dann, nach dem ersten knisternden Biß in eine der gebräunten Köstlichkeiten, fiel mir keine Gehässigkeit ein, mit der ich hätte antworten können, also aß ich schweigend. Und Bobby schlug mir vor: »Wir werden das Zeug sicherstellen, klar?«

»Ihr?«

»Wir, ja. Bevor es geklaut wird. Obwohl uns die Filme des Herrn Singgi ziemlich egal sind. Vielleicht können wir, wenn es sich rumspricht, Herrn Subutu zu einer Dummheit verführen...«

Darüber hatte ich meine eigene Meinung, aber die sagte ich ihm erst nach etwa einem halben Dutzend der geradezu riesigen Scampis: »Was hältst du davon, wenn wir ihm eine Falle stellen?«

»Wir?« Voller Mund und gerunzelte Stirn. Ich korrigierte mich: »Na gut, ich. Aber ich habe eine Idee dazu. Für die brauchen wir den bei euch einsitzenden Goldfischer. Wenn das klappt, was ich vollführen will, haben wir beide unsere Fische im Netz. Ich schließe meinen Auftrag ab, und ihr kriegt den Hintermann für die Morde. Was du sprechen, großes Polizeimann?«

Er bleckte die Zähne, sein Mund war gerade mal relativ leer. Geruhsam trank er einen Schluck Rosé. Dann pickte er sich mit der Gabel, diesem scheußlich kulturlosen Instrument aus den Ländern der fremden Barbaren, die nächste Krabbe von der Servierschale. Er äußerte sich nicht, aber mir war klar, daß jeder Hongkonger Polizist alles dafür tun würde, um einen ausländischen Geheimdienstmann so schnell wie möglich loszuwerden, weil diese Kerle fast immer Unheil anrichten, und weil man sie danach nur selten noch greifen konnte.

Daß ich Lung Tso, den von Subutu auf mich angesetzten Beobachter, in mehrfacher Hinsicht unterschätzt hatte, wurde mir klar, als ich mit Bobby aus der Pizzeria trat und das Auto sah. Es stand am Straßenrand, und Lung Tso winkte mir aus dem heruntergekurbelten Fenster zu.

»Mister Lim Tok, bitte, ich muß weiter hinter Ihnen herfahren. Aber – ich will keinen Streit mit Ihnen. Deshalb... also, der Mann... mein Auftraggeber... er ist unterwegs in die Wong Chuk Street, oben in Sham Shui Po. Ich sage es Ihnen besser...«

Ich hatte das Gefühl, jemand drehte mir die Luft ab, und das lag nicht an den Scampi, mit denen ich vollgestopft war. Bobby, der mitgehört hatte, fragte: »Ist das die Kodak-Filiale, von der du gesprochen hast?«

An meiner Stelle sagte Lung Tso: »Kodak, ja.«

Ich merkte, wie Bobby in meine Jackentasche faßte und mein Funktelefon herauszog. Er tippte eine Nummer und verlangte: »Den Chef, schnell!«

Nach ein paar Sekunden pustete er in die Sprechmuschel: »Hsienyi, nimm dir ein Dutzend Leute und sichere in der Kodak-Filiale in der Wong Chuk Street ein Arbeitsgebiet ab, in dem eine Frau...« Er drehte sich zu mir um: »Name!«

»Muljaneh«, antwortete ich geistesgegenwärtig.

»Eine Frau Muljaneh entwickelt dort Filme. Niemand rein, nichts raus, bis ich da bin! Ende!«

Zu mir sagte er: »Wir nehmen deinen Wagen. Bis ich einen hier habe, vergeht zuviel Zeit. Los!«

Ich flitzte zu meinem Toyota und bekam gerade noch mit, wie Bobby Lung Tso mahnte: »Morgen vormittag, Hauptquartier, Department Schwerverbrechen – Sie werden keine Schwierigkeiten haben.«

Ich gab mir Mühe, möglichst wenige Verkehrsvorschriften zu übertreten, als wir durch den Tunnel nordwärts rasten. Mit Wauwau und Blinklicht hätten wir vielleicht eine oder zwei Minuten herausgeschunden, so kamen wir aber immerhin zusammen mit den Leuten an, die Bobby in Kowloon mobilisiert hatte.

Lung Tso hatte es gut gemeint, aber Tuan Subutu war schneller gewesen. Die Brillendame wurde soeben vom Unfalldoktor mit einem Kopfverband versehen. Sie war bei Bewußtsein, und vermutlich war sie der einzige Mensch in der Empfangshalle, der überhaupt ahnte, worum es gegangen war. Als ihr der Doktor eine Injektion geben wollte, tippte ich ihm auf die Hand und bat: »Eine Sekunde bitte, vor dem Einschlafen!«

Er knurrte, er würde mir die Nadel in den Hintern jagen, wenn ich nicht sofort verschwände. Aber Bobby beruhigte ihn. Und die Empfangsdame setzte mich stotternd ins Bild, während sie unentwegt bemüht war, ihren Blick auf mich zu richten, was ihr einfach nicht gelingen wollte, denn ihre Augäpfel folgten den Befehlen des Hirns nicht mehr, weil sie einen Meteor auf den Kopf gekriegt hatte.

»War es der mit dem südlichen Schnurrbart?«

Sie versuchte, zu nicken, wobei ihre Augen rollten, als wolle sie ungezogene Kinder erschrecken. Schließlich benutzte sie den Mund, der noch in Ordnung war.

»Mich... geschlagen... Mußte sagen... Frau Muljaneh...«

Ich beruhigte sie. Tuan Subutu war schlauer gewesen, als ich vermutet hatte. Der Hinweis, daß ich die Kodak-Filiale besuchte, von Lung Tso gegeben, der mich observierte, hatte ihm genügt. Das war das Ergebnis, wenn man seine Gegenspieler unterschätzt.

Der Doktor drängte mich beiseite: »Behindern Sie meine Arbeit nicht weiter!«

Er stieß der Dame die Nadel nun endgültig in den Arm und versicherte ihr: »Sie werden etwas schlafen. Wenn Sie aufwachen, werden Sie noch liegen müssen, aber es wird keinen solchen Lümmel geben, wie den da, der sie bedrängt.«

Frau Muljaneh, die wir im dritten Stockwerk, inmitten eines chaotischen Durcheinanders von Filmbüchsen, aufgerollten Filmbändern und durcheinandergeworfenem Werkzeug ausfindig machten, lehnte an einem Schneidetisch. Sie erinnerte mich an eine Schauspielerin aus New Delhis King Size Zelluloid-Opern, die sehr bekannt war, und die man wegen ihrer durchaus im Lande geschätzten Körperfülle liebevoll *das Fleisch Indiens* nannte. Auch Frau Muljaneh war füllig, trug einen Sari aus Brokat und eine Menge

Schmuck auf ihrer braunen Haut. Nur daß man nicht mehr erkennen konnte, ob ihr Gesicht auch dem der Filmschauspielerin geähnelt hatte, weil es nicht mehr da war. Tuan Subutu hatte diesmal nicht auf das Herz gezielt, aber Frau Muljaneh war auch an dem Kopfschuß sofort gestorben. Der Beamte, der bei ihr Wache schob, informierte Bobby: »Täter entwendete nach Aussage der Empfangsfrau Filmrollen. Vermutlich wollte die Inderin ihn daran hindern, und er schoß. Bei der Flucht schlug er dann unten noch die Empfangsfrau nieder, weil die sich ihm in den Weg stellte.«

Bobby nahm das mit amtlicher Gelassenheit zur Kenntnis. Aber er war wütender, als man es ihm ansah. Er grollte: »Das wird der letzte Mord sein!« Dann nahm er mich beim Arm, und wir zogen ab.

In der Halle wimmelte es von Polizisten, die alles mögliche untersuchten und jeden erreichbaren Mitarbeiter befragten. Bobby begrüßte seinen Kowlooner Kollegen, der die Untersuchung führte, versprach, ihn zu informieren, sobald es Erkenntnisse gab, und schmiß sich neben mir in den Toyota. Bevor wir abfuhren, erkundigte er sich nach dem Quartier der Portugiesin, das ich ausfindig gemacht hatte. Aber mir war etwas Besseres eingefallen, und ich kriegte ihn herum, bis zum Abend stillzuhalten und so zu tun, als wäre der Mann, der in der Kodak-Filiale gewütet hatte, völlig unbekannt, ebenso wie das Motiv für den Überfall.

Ich mußte ihm allerdings erklären, was ich auf meine private Kappe jetzt unternehmen wollte, bevor er einwilligte. Nachdem er alles gehört hatte, sagte er mir zu, zwei Polizeigasmasken im Restaurant meiner Mutter in Wanchai zu hinterlegen.

In Victoria sahen wir einen Polizeiwagen am Straßenrand stehen, in den stieg er um, und ich machte mich auf den Weg nach Sheung Wan, in die Cat Street, eine der am ehesten noch an China erinnernden Gegenden der Kolonie, wo man vom Räucherstäbchen bis zur Rolex-Uhr so ziemlich alles kaufen konnte, was in Hongkong hergestellt oder gestohlen worden war.

Zwischen den Händlern hatten begabte Handwerker ihre winzigen Werkstätten, und unter denen gab es von den Göttern begnadete Fälscher.

Bian Hui war einer davon. Er blickte auf, als ich eintrat. Sein rechtes Auge war mit einer dieser Klemmlupen bedeckt. Er hatte gerade an einem Elfenbeinstempel herumgeschnitzt. Mit viel Geschick brachte er es fertig, durch Veränderung einzelner Striche im Schriftzeichen den Stempel eines armen Mannes in den eines steinreichen Bankers zu verwandeln, was sich unter Umständen auf dem Konto des Betroffenen bemerkbar machen konnte, denn immer noch waren die roten Namensstempel unter Traditionsbewußten ebenso gültig wie eine zierliche Unterschrift – ja gerade sie verhießen Solidität. Das konnte man, so man wollte, mit Kredit übersetzen.

»Geht die Welt unter?« begrüßte er mich fröhlich, nahm die Lupe vom Auge, legte das Schnitzmesser weg und rief nach Tee, worauf jemand in einem Nebenraum zu rumoren begann. Porzellan klirrte,

Schritte schlurften über Fliesen. »Wieso soll die Welt untergehen?« Ich wußte, was sich gehört, wenn man einen alten Freund besucht – über viele Dinge geruhsam reden, bevor man zur eigentlichen Sache kommt, das ist schließlich die Tradition, in der auch ich aufgewachsen war. »Weil ein so vergessener Vogel wieder einmal ein bekanntes Nest findet! Mutter gesund?«

Ich verriet ihm, sie sei frisch wie vor der Hochzeit, und ich erzählte ihm alles mögliche, bis eine vermuffelte alte Frau aus dem Nebenraum grünen Tee brachte und dann auf einen Wink von ihm zur Gasse hinaus verschwand.

Erst als wir mehrmals von dem Tee geschlürft hatten, wobei ich konstatierte, Bian Hui müsse zu Wohlstand gekommen sein, weil er Lung Ching trank, blickte er mich über den Rand der Tasse fragend an und wollte wissen: »Was bringt dich zu mir, Junge? Geschäfte?«

Ich erklärte ihm ohne Umschweife, ich bräuchte einen indonesischen Normalpaß, gültig, in Kai Tak bei der Einreise abgestempelt, vor etwa zwei Wochen.

Er streckte die Hand aus. Wollte das Foto. Ich mußte ihm erklären, daß die Geschichte etwas komplizierter war, als er annahm. Aber Bian Hui ließ sich durch Schwierigkeiten nicht daran hindern, seinem Beruf Ehre zu machen. Der Mensch, der Unmögliches von ihm verlangte, mußte wohl erst noch geboren werden.

»Gut, mein Junge«, sagte er, als er alles gehört hatte, was mit meinem Anliegen zusammenhing. »Ich mache den Paß fertig, bis auf das Foto und die Angaben zur Person. Du holst mich mit einem Auto ab, so daß ich eine Stunde für die Arbeit Zeit habe, und ich fülle das Ding an Ort und Stelle aus, klicke das Foto ein, und du bringst mich wieder hierher. Nimm einen von diesen geschlossenen Lieferwagen, die eignen sich für so was. Einverstanden?«

»Wieviel?«

Er nannte einen vergleichsweise bescheidenen Preis, und als er mein Gesicht sah, lachte er: »Wie könnte ich dir die Haut vom Leibe ziehen, Junge!«

»Ich hole dich nicht selbst«, machte ich ihn aufmerksam, »ich schicke dir einen jungen Mann von hoher Verläßlichkeit, in einem Lieferwagen.«

Es war ihm recht. Wir leerten die Teetassen. Alte Freunde, die ein Geschäft besiegelt haben. Bevor ich ging, bezahlte ich. Auf Bian Hui konnte man sich verlassen. Warum ich mit ihm befreundet war? Mit einem Fälscher? Immer, wenn ich wissen wollte, wer einen bestimmten Gegenstand oder ein Dokument gefälscht hatte, brauchte ich nur zu Bien Hui zu gehen, er irrte sich nie!

Draußen rief ich den Bewährungshelfer Wu in meinem Büro an. Er glaubte zwar, die inneren Werte wären unter allen Menschen gleich verteilt, aber abgesehen von dieser kindlichen Annahme, die ihm in seiner frühen Jugend einer eingeredet hatte, war er ein zuverlässiger Mensch, der mir gern half, wenn es nötig wurde. Und das beruhte zwischen uns auf Gegenseitigkeit. Einen geschlossenen Lieferwagen, in dem

Bian Hui ungestört arbeiten konnte, würde er leicht besorgen können, und er würde auch genau zur angegebenen Zeit mit Bian Hui in Happy Valley sein, zwischen dem A-Ma-Hügel und dem Aberdeen-Tunnel. Übrigens würde er den Lieferwagen des schwimmenden Restaurants *Tschufu* benutzen, ein hellgrau gespritztes Fahrzeug mit dem Namen des Restaurants auf der Breitseite. Der Chef sei mit einem Koch sehr zufrieden, den er ihm aus dem Kreise seiner auf Bewährung lebenden Klienten unlängst vermittelt habe, und erst kürzlich...

Ich sagte ihm die Uhrzeit und tippte auf den gelben Knopf. In der Cat Street war ich noch nicht ganz fertig. Jetzt erst kam eine Besorgung an die Reihe, die, wie ich glaubte, etwas schwieriger sein würde.

Die Bude lag an der Ecke zur Lok Ku Road. Hier hauste der Feuerwerker Chen Jian, ein junger Mann, den ich einmal, als ich noch Polizist war, davor bewahrt hatte, von einer Bande Straßenschläger wegen einer Kleinigkeit zum Krüppel gedroschen zu werden. Er hatte eine Werkstatt für kleine Feuerwerkskörper, wie sie bei den Festen zum Anheizen der allgemeinen Stimmung benutzt werden und zum Vertreiben der unguten Geister, wie die Überlieferung es behauptet. Chen Jian war im Geschäft mit den Filmleuten, er produzierte für sie Kracher und Flammeneffekte, wußte einen Schauspieler so in Brand zu stecken, daß der Mann nicht mal eine Blase davon zurückbehielt. Auf weiße Blusen weiblicher Stars konnte er hervorragend echte Kugeleinschläge zaubern, und er hatte eine

Menge anderer Tricks auf Lager. Es gab ein paar Leute, die behaupteten, er sei ein Bruder oder Halbbruder von Jacky Chan, dem unbestrittenen Superhelden der wildesten Kung-Fu-Filme, einem Millionär, der Autos sammelte und Frauen mied. Nicht, weil er etwa keine mochte, nein, seine verrückten weiblichen Fans würden Trauerkleidung anlegen, wenn durchsickerte, er habe sich eine Dame ins Haus geholt. Daß Chen Jian etwas mit ihm zu tun habe, war ein Gerücht, aber Chen Jian dementierte es nicht, er profitierte davon.

Als ich auf ein hohles Pfeifen aufmerksam wurde, war ich schon ganz nahe seiner Unterkunft. In den ebenerdigen Arbeitsraum tretend, der einer Garage glich, sah ich, daß das Pfeifen von einer langsam abbrennenden Pulverfüllung in einer tönernen Röhre erzeugt wurde.

»Die himmlische Flöte des Affenkönigs«, erläuterte der etwas langhaarige Chen Jian, während er mir die Hand schüttelte. »Für die Jungs von der neuen Filmallianz. Was treibt dich in meine räudige Gegend, Bruder?«

Wir kannten uns noch von Polizeitagen her. Chen Jian hatte damals als Sprengstoffexperte gelegentlich auch für uns gearbeitet. Jetzt jobbte er schon viele Jahre nur noch privat und auf eigene Rechnung. Bei ihm brauchte ich mich nicht mit den landesüblichen Floskeln aufzuhalten. Ich nahm einen Zug aus der Cola-Büchse, die er mir hinhielt, und dann schilderte ich ihm, weshalb ich kam.

Chen Jian war ein sportlicher Muskelmanntyp mit einem Kopf, den sich junge Mädchen gemalt über die Matte hätten hängen können – nur war er leider vom anderen Ufer, und Mädchen behandelte er immer so papageienfreundlich, daß sie meist nach zehn Minuten schon begriffen, auf welcher Seite er den Degen trug.

Nach einer Weile stoppte er mit einer Handbewegung meine Erklärungen und stellte fest: »Wenn ich dich recht verstehe, brauchst du eine Substanz, mit der du einen Erwachsenen für eine Stunde zum Schlafen bringen kannst, ist das richtig?«

»Zum Flennen und Kotzen möglichst auch«, vervollständigte ich meinen Wunschkatalog. »Es muß jedem, der den Dampf abkriegt, speiübel werden, er darf nicht mehr scharf sehen, muß sich fühlen wie eine Kannibale nach dem Genuß von Heroin, und vor allem darf die Substanz durch Filter einer Klimaanlage nicht in der Wirkung beeinträchtigt werden. Ein Gas eben. Aber eine gewöhnliche Polizeigasmaske muß dagegen schützen...«

Er lachte. Chen Jian war ein cleverer Bursche. Er durchschaute meine Absicht schneller als ich angenommen hatte. »Also willst du über die Klimaanlage die Bewohner eines mit Juwelen vollgestopften Palastes lahmlegen und dann das Etablissement ausrauben, wobei dich eine XM-Maske schützen soll. Bist du unter die Einsteiger gegangen?«

Ich machte ihm klar, daß ich darauf verzichten würde, ihm in Einzelheiten auseinanderzusetzen, unter welche Gilde ich geraten war. Allerdings gab ich zu: »O.k. Ich will irgendwo rein. Und ich will möglichst nicht gezwungen sein, mein Schießeisen zu benutzen.«

»Wie rücksichtsvoll du bist!« flötete er, sich selbst karikierend. Aber er verstand mein Anliegen ohne weitere Erläuterung. Wir kannten uns lange genug, so daß er auch nach dem Ziel der Aktion keine weiteren Fragen mehr stellte. Wir einigten uns noch darauf, daß er mir etwas zusammenmixen würde, das keine bleibenden Schäden hinterließ, und das absolut geruchsfrei war. Er meinte, davon gäbe es eine dreistellige Zahl zur Auswahl, er würde schon das richtige greifen. Ich sollte inzwischen einen Spaziergang machen und dabei ein paar Hundertdollarscheine von der Straße aufsammeln.

Ich suchte mir eine Teestube, in der ich meine Beine für eine Stunde langmachen konnte. Trank billigen Grünen, rauchte, telefonierte mit Amin und erfuhr, daß er noch keine Nachricht von Subutu habe, überhaupt mache es den Eindruck, der würde sich wohl schwerlich melden. Ob er doch Verdacht geschöpft hatte und vorsichtig geworden war? Weil es inzwischen schon diese kleinen Geräte gab, mit deren Hilfe man den Verkehr per Funktelefon ebenso abhören konnte wie Polizeifunk und Taxigeschnatter, verzichtete ich auf nähere Erklärungen, schärfte ihm lediglich ein, er solle sich gegen Abend bereithalten, es würde eine vergnügte Nacht werden.

Er ließ mich wissen, sein Herz schlage jetzt schon vor Freude schneller. Zuletzt klingelte ich Bobby

Hsiang aus seinem von den Göttern gespendeten Büroschlaf zu mordloser Zeit und bestellte ihn am späten Abend nach Happy Valley. Er murrte zwar, aber er verlangte von mir nicht, daß ich nähere Erklärungen abgab. Er hatte auch seine Abhörerfahrungen.

»Wieder eine freudlose Nacht«, bemerkte er nur. Und dann ging ich zu Chen Jian zurück und besah mir den handlichen Blechkanister mit dem breiten Austrittsventil, ließ mir die Bedienung erklären und beglich als Gentleman meine Rechnung in bar. Notierte mir nur die Summe für die Spesenabrechnung, die ich bei Mrs. Porteiras vorzulegen gedachte.

Als ich mit dem Kanister bei meinem Toyota ankam, den ich in einiger Entfernung abgestellt hatte, winkte mir aus einem anderen Fahrzeug Lung Tso, mein von Subutu gecharterter Schatten. Er stieg nicht aus, wollte wohl jederzeit bereit sein, wegzuflitzen. Ich beruhigte ihn zunächst, und er gestand mir ein, daß er mächtig Angst habe. Subutu würde ihn, nach allem, was man von diesem Herrn ohne Skrupel wußte, beim geringsten Verdacht auf Verrat kurzerhand umlegen lassen. Oder selbst umlegen. Das tat er sogar bei Leuten, von denen er Verdacht lediglich befürchtete, noch bevor er sich die Mühe machte, Untersuchungen anzustellen. Ich wollte von Lung Tso erfahren, wie er dahinter gekommen war, daß Subutu nach Sham Shui Po, zur Kodak-Filiale fuhr. Lung Tso war von ihm aufgefordert worden, zur Sicherheit vor dem Gebäude zu parken und ihn vor einer eventuellen Verfolgung dadurch abzuschirmen, daß er im entscheidenden Augenblick mit seinem Fahrzeug die Straße blockierte. Es war nicht nötig gewesen.

»Alles ging so schnell«, erzählte Lung Tso. »Nach zehn Minuten war er wieder auf der Straße, warf ein Paket in seinen Wagen und fuhr ab. Erst viel später erschienen ein paar ängstliche Leute im Eingang, und bis die Polizei anrückte, das dauerte unendlich. Ich habe mich dann unauffällig davongemacht...«

Diesen Lung Tso mußte ich mir merken. Ihn aus der noch laufenden Sache herauszuhalten, würde bedeuten, daß ich ihn gelegentlich um einen Dienst bitten konnte. Kein Ganove vergißt ein nicht sehendes Auge, das ihm Unannehmlichkeiten erspart hat. Und – Lung Tso war ein kleines Licht, niemand würde geschädigt sein, wenn man ihn diesmal laufenließ. In dem Sumpf, der Hongkongs Unterwelt war, machte es nichts aus, wenn mancher Ast, an dem man sich festhalten konnte, unangenehm roch...

Ich riet ihm, zu verschwinden, unterzutauchen, bis der fremde Herr mit dem Strichschnurrbart erledigt war. Helfen konnte er uns sowieso nicht mehr dabei. So sah ich ihn abfahren, glücklich, daß ich in seinem Falle die Polizei aus dem Spiel ließ. Vielleicht war es ganz gut, die letzten paar Stunden bis zum Angriff auf Tuan Subutus Unterschlupf noch zu verschlafen, sagte ich mir. Ich konnte jetzt nicht nach Aberdeen fahren, auf meine Dschunke, schließlich waren da noch die Gasmasken zu holen, die Bobby Hsiang mir in Wanchai hinterlegt hatte. Bis Wanchai, wo meine Mutter das *Hibiskus* betrieb, in der Fenwick Street, war es nur ein Katzensprung. Das Restaurant war um diese Zeit noch nicht überfüllt, nur eine Busladung deutscher Touristen saß da an einer Tafel, wie wir sie manchmal aus den einzelnen Tischen für Europäer zusammenstellen mußten, und schaukelte mit den Oberkörpern rhythmisch hin und her, während so ziemlich alle aus Leibeskräften das taten, was man in Europa Singen nennt. Gegessen hatten sie wohl schon, denn es standen Biergläser auf der Tafel.

Nun, als Chinese in Hongkong, noch dazu als Sohn einer Wirtin, hatte ich schon die verschiedensten fremdländischen Sitten in mich aufgenommen – die Deutschen überraschten mich mit ihrem Hin- und Herschaukeln und dem lauten Gesang nicht mehr. Es hatte ihnen in der Stadt und im *Hibiskus* sichtlich gefallen, das Essen war nach ihrem Geschmack europäisiert gewesen, also waren sie auf ihre Weise fröhlich – oder muß ein Mensch in einem anderen Land stets mürrisch sein? Stocksteif?

»He, alter Junge!« sagte ich im Vorbeigehen zu Yen, dem Thekenmann. »Meine Mutter oben?«

Er grinste. »Nicht zu Hause, bis zum Abend. Ist bei der Mission … Aber da ist ein Päckchen für Sie abgegeben worden, junger Herr.«

Es waren die Polizeigasmasken, die Bobby Hsiang mir besorgt hatte.

»So, so, in der Mission«, sagte ich, während ich das Päckchen entgegennahm. In dieser Mission trafen sich die älteren Damen des Viertels zuweilen am Nachmittag und berieten, wie man kranken Kindern helfen könnte, faulen Kindern Schriftzeichen beibringen oder diebischen Kindern deren Unart abgewöhnen.

»Bis jetzt hat es nicht geholfen, deswegen geht sie wohl immer wieder hin…«

Der Thekenchef fragte: »Was?« Aber ich winkte nur ab. »War nichts Besonderes, Yen. Ich lege mich eine Stunde aufs Ohr.«

»Der Schlüssel…« wollte er mir helfen, aber ich wußte sehr gut, wo der lag, wenn meine Mutter auswärts war. Ich stieg die Treppe hinauf, während die Deutschen an der Tafel ein sehr langsames, sentimentales, daher nicht so störendes Lied anstimmten.

Oben streckte ich mich in dem Zimmer, in dem ich meine Kindheit verbracht hatte, und das meine Mutter immer noch für meine Besuche freihält, auf einer Art Kang aus und war trotz der Lieder im Schankraum und der tausend summenden, pfeifenden, klappernden Geräusche, die durch die Balkontür hereindrangen, bald eingeschlafen.

Auch als ich aufwachte und mich treppab begab, war das *Hibiskus* immer noch ohne seine Wirtin: Die Damen der Mission hatten vermutlich mit mehr problematischen Kindern zu tun, als ich angenommen hatte.

Also ließ ich mir von Yen eine Schale Suppe geben, aß ein paar Stücke Krupuk dazu, die auf der Theke in einem Korb angeboten wurden, und dann machte ich mich auf den Weg. Als ich mir aus dem Regal eine angebrochene Flasche Mao Tai mitnahm, schüttelte der Thekenchef nur mißbilligend den Kopf und wies auf eine Flasche Cognac mit dem Konterfei Napoleons. Aber mir war der Mao Tai für das, was ich damit vorhatte, lieber.

Happy Valley war zwar nicht gerade das, was man eine verkehrsberuhigte Zone nennen konnte, aber am späten Abend war es hier stets stiller als etwa in Victoria oder auf den Touristenrummelplätzen von Kowloon. Ich ließ mir Zeit, meinen Toyota so abzustellen, daß er vor Dieben sicher war, nämlich auf dem sehr gut bewachten Parkplatz des Rennclubs, dann machte ich mich zu der Stelle auf, wo Bewährungshelfer Wu jetzt eigentlich schon warten mußte, in einem Lieferwagen, in dem Bian Hui unbeobachtet und ungestört arbeiten konnte.

Tatsächlich parkte etwas abseits der Shan Kwong Road, in einer ruhigen Seitenstraße, in der die Grundstücke weit auseinander lagen, der Lieferwagen des Restaurants *Tschufu*. Gute alte Bekannte, vom Direktor bis zum Küchenjungen, bei denen wir schon so manches opulente Mahl genossen hatten, zum Frühlingsfest, bei Geburtstagen, am liebsten aber zum mittelherbstlichen Mondfest, wenn die runde Schönheit des fernen Gestirns am vollkommensten war und das Restaurantschiff die traditionellen Mondkuchen im Lichterglanz von unzähligen bunten Laternen servierte.

Auf mein Klopfen wurde mir die Ladetür aufgeschoben, und drinnen fand ich Wu und Bian Hui bei einer Kanne Tee, die Bian Hui, wie er mir sogleich eröffnete, in einer selbstkonstruierten Warmhaltetasche mitgebracht hatte. Was er sonst noch zu seinem Handwerk brauchte, hatte er bereits auf einem kleinen Klapptisch ausgebreitet. Da blinkten Pinzetten, Scheren und Skalpelle, Klebstoff war da, Tinte, Stempelfarbe – alles, was auch nur im schwierigsten Falle gebraucht werden würde.

»Du schuldest mir danach einen Abend«, machte mich Bian Hui aufmerksam. Und Bewährungshelfer Wu deutete mit seinem dürren Zeigefinger mißtrauisch auf den Klapptisch: »Ich hoffe, Mister Lim Tok, ich werde hier nicht Zeuge einer ungesetzlichen Handlung...«

Sein Zeigefinger tippte auf den bereits fertigen indonesischen Reisepaß. Ich blätterte ihn auf. Name und persönliche Daten waren noch einzutragen, der Visumstempel – ebenfalls noch ohne Namen und Datum – machte einen absolut echten Eindruck.

»Keine Angst«, beruhigte ich Wu. »Wir machen hier etwas, das uns in den Rang von ehrenhaften Helfern unterdrückter Minderheiten erhebt.«

Bian Hui wandte sich grinsend ab. Ich sah auf die Uhr. Eine Stunde würden wir noch warten müssen. Dann begann der Einstieg.

Wenn Tuan Subutu wider Erwarten nicht in seinem Quartier sein sollte, würden wir ihn bei seiner Heimkehr in Empfang nehmen.

Aber diese Sorge nahm mir Amin, als er sich über mein Funktelefon meldete. Immer noch kein Auftrag von Tuan Subutu. Wie sich die Lage entwickelt hatte, würde wohl kaum noch einer kommen. Und wir waren inzwischen dabei, Tuan Subutu so auszuschalten, daß er für geraume Zeit überhaupt nirgendwo mehr Aufträge erteilen konnte. Ich bestellte Amin in die Nähe von Subutus Villa und schärfte ihm ein, er solle unbedingt auf mich warten, nichts unternehmen, was immer auch geschah. Wo ich warten würde und wo auch Bobby Hsiang zu uns stoßen würde, verabredeten wir.

»Sie könnten einen Posten im Generalstab bekleiden«, lobte mich der Indonesier. Ich hätte ihn gern gefragt, in welchem.

Wir warteten bis Mitternacht. Wu war nervös wie ein junges Mädchen vor der Heirat. Bian Hui döste vor sich hin, und wenn er zuweilen aus seinem Halbschlaf auffuhr, brummte er verdrießlich: »Das wird immer teurer...«

Bobby Hsiang hatte ein paar Straßen von Subutus Villa entfernt einen geschlossenen Polizeiwagen geparkt, in dem für alle Fälle zwei Polizisten warteten. Er wollte von all meinen Vorbereitungen nichts wissen. Als Beamter hätte er eigentlich überhaupt nicht auf diese Art arbeiten dürfen. Aber Bobby war ein kühler Rechner, er wußte sehr genau, daß ein Mata-Mata, der auf die Art Subutus vorging, nicht anders anzugehen war als mit ein paar wenig feinen Tricks. »Macht nur«, beauftragte er mich und Amin, »sobald es eine Schießerei gibt, sind wir sowieso ganz schnell da.«

Ich hatte außer einer Umhängetasche, in der sich der Gasbehälter und die beiden Masken befanden, zwar meine Magnum dabei, auch unter Amins Jackett sah ich eine Ausbuchtung, aber daß wir Waffen wirklich benutzen müßten, wollte ich gerade verhindern, es war der Kern meines Planes.

Ich weiß nicht, wie es Ihnen geht – wenn man einem Gegner mit dem Kopf beikommen kann, erspart man sich eventuell ein paar Löcher in der eigenen Haut. Weil ich das glaube, bin ich zwar ein einigermaßen guter Schütze geworden, bei der Polizei schon, aber zu schießen pflege ich so selten wie möglich. Die Magnum war eine hervorragende Konstruktion, nur – Tote stimmen mich verärgert, und außerdem benutze ich lieber meine Gehirnwindungen.

Das weiße Haus zwischen den gepflegten Bäumen, von denen einige in den Kronen zu Kugeln geschnitten waren, lag still da, als ich mit Amin unmittelbar vor dem eisernen Zaun kauerte. Hunde gab es nicht, das hatte Amin schnell herausgefunden, indem er den fleischigen Mittelteil eines unterwegs gekauften Hamburgers hinüberwarf. Ich hatte meine Bedenken, ob es sich bei dem Ding tatsächlich um Fleisch handelte, aber schließlich würden gute, freilaufende Wachhunde auch auf einen anderen Gegenstand reagieren, den Fremde in ihr Revier warfen.

Das Gartentor ließ sich mit einer Telefonkarte öffnen, die Amin bei sich trug. Es gab wenig Licht, der Mond bestand aus einer hauchdünnen Sichel, und die versteckte sich noch dazu hinter geballten Wolken, die träge dahinsegelten und nächtlichen Regen ankündigten.

Auch die Fenster waren allesamt finster. Nachdem

wir eine Weile auf Reaktionen gelauert hatten, die unser Eindringen in den Garten hervorrufen könnte, schlichen wir auf das Haus zu. Es war still, bis auf Nachtvögel, die in den Bäumen saßen und leise im Schlaf glucksten. Das Zikadenkonzert war um diese Zeit schon ziemlich dünn. Und der etwas fernab verlaufende Straßenverkehr, den es in der Kolonie rund um die Uhr gab, drang nur als vages Rauschen, Hupen und Klirren bis hierher.

Ich dirigierte Amin bis zu dem zentralen Ansaugkasten für die häusliche Klimaanlage, den ich bereits bei meiner ersten Beobachtung entdeckt hatte. Sie war in Betrieb. Als ich von einem Strauch ein Blatt zupfte und an den mit feinem Deckgitter versehenen Kasten hielt, wurde es angesaugt und blieb auf dem Drahtsieb hängen.

Amin verzog anerkennend das Gesicht. Hier, unmittelbar an der Hauswand, kam mir die Stille in dem Gebäude gespenstisch vor. Tuan Subutu war kein Mann der abendlichen Gesellschaften, ich hielt ihn für einen Befehlsempfänger, der bei seinen Aktionen gewohnt ist, auf niemanden Rücksicht nehmen zu müssen. Ein einsamer Diener einer Regierung, die es verhindern wollte, daß unbequeme Wahrheiten über ihr Vorgehen in einem *heimgeholten* Landstrich öffentlich wurden. Mich interessierten die politischen Hintergründe nicht, die sich da versteckten, für mich war es ein Auftrag, den Mrs. Porteiras bezahlte. Und – wer, noch dazu in einem fremden Land, Leute erschießen läßt, wer einem ehrsamen Hongkonger Privatermittler Hartes auf den Schädel haut, um ihn dann als *betrunkenen Killer* am Tatort eines Mordes zurückzulassen, der bekam von mir gleiche Münze zurück, Diplomat oder nicht.

»Ab jetzt sind wir außerhalb aller Gesetze...« flüsterte ich Amin zu. Der schien gar nicht an dieser Warnung interessiert, er musterte den Gascontainer, den ich in der Hand hielt. Und ich verlor jetzt auch keine Zeit mehr. Setzte die fächerförmig gespreizte Austrittsdüse an das Drahtgitter und drehte kurzerhand das Ventil auf. Außer einem leisen Zischen war nichts zu hören. Ein unheimliches Geräusch, das nach und nach etwas leiser wurde.

Chen Jian hatte mir gesagt, ich sollte das genau zwanzig Minuten so halten, wenn Wind aufkäme, zehn Minuten länger. Also blickte ich auf die Uhr, und dann dachte ich an meine Freundin Pipi, die jetzt hinter dem Rezeptionstisch im Excelsior vielleicht gerade einem reichen Amerikaner seinen Zimmerschlüssel übergab. An Pipi zu denken, half mir immer über langweilige Phasen in meiner Arbeit hinweg.

»Eintausendzweihundert!« flüsterte Amin mir ins Ohr. Er hatte mitgezählt. Ich wollte eine Bemerkung über die Rechenkünste indonesischer Bodyguards machen, aber ich vergaß es. Amin könnte beleidigt sein, und ich konnte keinen Helfer brauchen, der den beleidigten Lord spielte. Also ließ ich noch ein paar zusätzliche Minuten verstreichen, und dann stellte ich das Ventil an Chen Jians Kanister ab. Ich nahm ihn mit und stellte ihn an der Haustür ab. Die zwei Gasmasken nahm ich aus meiner Umhängetasche. Amin setzte gerade zum Sprung an. Wollte die Tür mit einem dieser Karate-Fußtritte eindreschen. Ich konnte ihn in letzter Sekunde noch zurückhalten. Wir legten die Masken an. Ich zog mein Universalinstrument zum Öffnen verschlossener Türen aus der Tasche, das selbst bei komplizierten Sicherheitsschlössern nie versagte. Es war von einem der talentiertesten Bastler der Kolonie für mich exklusiv gefertigt worden, und es gab davon nur dieses eine Exemplar. Ich führte es ein, ein kurzer Druck, und der Schnapper glitt zurück. Das Gästehaus der Vertretung war weder speziell gesichert, noch gab es Wachtposten davor – in Hongkong konnte man sich sicher fühlen, selbst wenn man nach außen hin nur den Anschein erweckte, man bewache sein Anwesen sorgsam.

Vor uns lag ein großzügig ausgestatteter Salon. Bevor wir ihn betraten, kontrollierte ich, ob Amin beim Aufsetzen seiner Maske keinen Fehler gemacht hatte. Dann bedeutete ich ihm, an der Tür stehenzubleiben, und ich selbst schlich durch den Salon auf die erste Tür zu, die ich sah.

Eine Küche, einen Abstellraum für Geschirr, ein Duschbad und einen begehbaren Kleiderschrank durchsuchte ich ohne Ergebnis, dann öffnete ich die nur angelehnte Tür einer Toilette, und hier lagen zwei Gestalten dicht nebeneinander in einer Pfütze Erbrochenem. Sie hatten wohl versucht, der für sie unerklärlichen Gefahr zu entkommen, aber sie hatten es nicht geschafft. Bodyguards. Ich faßte einem nach dem anderen an die Halsschlagader – der Puls war da. Aber ihre Augen waren geschlossen wie in einem seligen Schlaf. Chen Jian hatte mit seiner Mischung erstklassige Arbeit geleistet.

Mit dem Erwachen der beiden, die Indonesier waren, wie man ihnen ansehen konnte, war vor ein bis zwei Stunden nicht zu rechnen. Vorsichtshalber nahm ich ihnen ihre Pistolen ab und versenkte sie in eine überdimensionale Blumenvase, in der sie sie wohl nicht gleich suchen würden.

Dann stieg ich die aus dem Salon führende Treppe aufwärts, kam an wertvollen Porzellantöpfen, Götterstatuen, alten Rollbildern und unzähligen Grünpflanzen vorbei, die einen weiten Gesellschaftsraum im Oberstock zierten. Dabei hoffte ich nur, Subutu wäre nicht einer jener Praktiker, die in ihrem Zimmer die Klimaanlage abschalten und lieber leicht schwitzend bei Außenluft schlafen, die durch das geöffnete Fenster hereinwehte. Aber wir hatten kein geöffnetes Fenster entdecken können, also war ich immerhin zuversichtlich.

Schließlich war ich in einem Gang, der zu mehreren geschlossenen Türen führte. Das Gas war durch die in der Sommertemperatur offenbar mit voller Leistung arbeitende Klimaanlage in alle Zimmer verteilt worden, also durfte ich eigentlich auf nichts treffen, was mich unangenehm überraschte.

Die erste Tür war verschlossen. Als ich sie mit meinem Instrument öffnete, sah ich ein leeres Gastzimmer vor mir. Doch schon die nächste Tür war offen.

Hier schlief ein indonesisches Dienstmädchen, sie war wohl aus dem Schlaf aufgeschreckt, als das Gas sie erwischte, und hatte noch ein paar Schritte gemacht, es aber nur bis zum nächsten Sessel geschafft, in dem sie jetzt ausgestreckt lag. Auf der Lehne thronte ihr weißes Häubchen. Die Schürze hatte sie auf den Boden gezerrt.

Tuan Subutu hatte vielleicht zu Hause eine privilegierte Stellung, weil er dem Geheimdienst angehörte, er besaß einen Diplomatenpaß, der ihn auf Reisen vor unangenehmen Fragen schützte – seine körperliche Kondition allerdings hatte dem Gasgemisch Chen Jians ebensowenig widerstehen können wie die der anderen Hausbewohner: Er lag, mit einem rohseidenen Schlafanzug bekleidet, vor seinem Bett. Der Schlafanzug war nicht nur arg zerknüllt, wie das bei diesem Material üblich ist, sondern auch beschmutzt. Das Abendessen war dem Herrn hochgekommen. Zum Glück befand sich nebenan eine Dusche. Ich rief Amin. Zusammen zerrten wir den Mata-Mata unter den Strahl und wuschen ihn sauber. Dann trockneten wir ihn einigermaßen ab und zogen ihm seine Unterwäsche und den hellen Anzug an, beides fand sich unweit des Bettes. Amin lachte vor sich hin, während wir ihn aufrichteten, ihm Socken und Schuhe anpaßten, und dann kramte Amin noch eine Weile in Schubfächern und Schränken herum, bevor er das entdeckte, weswegen dieser Mann in die Kolonie gekommen war. In einem stabilen Pilotenkoffer fanden sich sechs Rollen Film, in flache Blechschachteln verpackt. Hunderte von Metern. Ich spulte von einer ein Stück des Zelluloidbandes ab, und auf den ersten Blick erkannte ich, daß es belichtetes Material war. Palmen zeichneten sich da ab, im Vordergrund Leute – das war es wohl, was der tote Mann von Mong Kok aufgenommen hatte, zum Ärger der sogenannten Heimführer Ost-Timors.

»Nimm das und zisch ab zu Mrs. Porteiras!« beauftragte ich Amin. »Niemand erfährt davon, du selbst existierst überhaupt nicht. Ich melde mich auf der Yacht. Klar?«

Die Zustimmung klang dumpf unter der Maske. Er packte den Pilotenkoffer. Dann warf er noch einen letzten Blick auf Subutu und fragte: »Was machst du mit dem?«

»Zerbrich dir nicht meinen Kopf«, tröstete ich ihn, »mit dem werde ich schon fertig!«

Als er weg war, wählte ich Bobby Hsiangs Nummer. Er hockte bereits ungeduldig in seinem Bereitschaftswagen unweit der Villa. Zehn Minuten später war er mit zwei zivil gekleideten Helfern da. Alle trugen wir Masken. Aber es gab nicht mehr viel, worüber wir uns zu verständigen hatten. Den Diplomatenpaß aus dem Jackett Subutus nahm ich an mich. Mit Hilfe Bobby Hsiangs flößten wir dem schlappen Indonesier noch eine gehörige Portion Mao Tai ein, diesen urchinesischen Schnaps, der nicht nur über sechzig Prozent Alkohol enthält, sondern auch noch erbärmlich stinkt. Den Rest aus der Flasche kippten wir Subutu auf die Kleidung und ins Haar. Sein Schnurrbart machte nach dieser Prozedur nicht gerade den elegantesten Eindruck.

»Wir verschwinden«, teilte mir Bobby mit. Er war sichtlich froh wegzukommen, denn das, was hier lief, konnte, wenn es schiefging, sehr leicht Anlaß zu seiner Entlassung sein. Schloß er allerdings den Fall so ab, wie wir es uns ausgerechnet hatten, dann war diese Gefahr nicht mehr da.

»Verschwinde«, willigte ich ein. Hier war nicht mehr viel zu tun. Den Rest würden wir im *Tschufu*-Lieferwagen erledigen. Die beiden Helfer Bobbys schleppten den schlappen Körper Subutus in den Wagen der Polizei, nachdem ich ihm schnell noch die Pindad, die geladen und gesichert auf einer Konsole neben seiner Schlafstelle lag, in die Rocktasche praktiziert hatte. Ich blickte dem davonfahrenden Wagen nach, bis er in die Hauptstraße einbog, dann vergewisserte ich mich auf einem letzten Rundgang, daß sowohl die beiden Bodyguards wie auch das Dienstmädchen am Leben waren, worauf ich mich aus dem Haus schlich, die Tür ordentlich mit meinem Spezialwerkzeug abschloß, ebenso das Eingangstor, und dann schlug ich den Weg zu Bian Hui ein, der im *Tschufu*-Wagen inzwischen eine Runde geschlafen hatte, wenn auch etwas unbequem.

Ich legte ihm den Diplomatenpaß auf den Klapptisch, während er sich die Augen wischte und seine Lupe hervorholte. »Das Foto macht keine Probleme«, stellte er fest.

Er löste es mit Hilfe einiger Instrumente, die ich

noch nie gesehen hatte, aus seiner Befestigung, und ein paar Minuten später zierte es bereits den Normalpaß, den er vorbereitet hatte, und mit dessen Hilfe wir Tuan Subutu zum Touristen machen würden, der sich gegen die Gesetze der Kolonie vergangen hatte. Keine Immunität würde ihn mehr schützen.

Mit einer besonderen Feder und mit Tinte, die er mitgebracht hatte, trug Bian Hui die Angaben zur Person in den Normalpaß ein. Am Schluß legte er das ganze Kunstwerk für eine Weile unter eine violett strahlende Lampe, besah es mehrmals, bis er damit zufrieden war, und drückte es mir in die Hand. Auf einen kleinen Zettel schrieb er eine Zahl und steckte ihn mir zu. Es war die Summe, die ich ihm für seine Arbeit schuldete. Wir vereinbarten, daß ich in einigen Tagen bei ihm erscheinen und das Geld in kleinen Scheinen mitbringen würde.

Eine Stunde später war ich, nachdem Wu Bian Hui nach Hause gefahren hatte, im Hauptquartier der Polizei, bei Bobby Hsiang, und übergab ihm den Paß. Er blätterte ihn durch und quetschte an seiner unvermeidlichen Bastos vorbei das Kompliment: »Der Mann versteht seinen Job!«

»Ist Subutu schon wach?«

»Arzt sagt, vor morgen früh ist nichts. Er liegt in der Ausnüchterungszelle. Kamera drin. Kann nichts mehr passieren. Ich werde ihn morgen um neun Uhr vernehmen. Sei rechtzeitig da...«

Ich muß Ihnen vermutlich nicht näher erläutern, weshalb ich die paar verbleibenden Stunden äußerst unruhig verbrachte. An Schlaf war nicht zu denken. Ich haute mich in Aberdeen in unserem Gemeinschaftsbüro, das Wu sauber aufgeräumt hatte, auf ein Sofa, doch sobald die Sonne voll über den Horizont war, hielt es mich nicht länger in der Horizontale.

Auf der Yacht sah ich mir in einem abgedunkelten Raum mit Mrs. Porteiras zusammen einiges aus den Filmrollen an. Sie hatte einen Projektor beschaffen lassen, und Amin bediente ihn.

Es war schlimm, was da auf der kleinen, transportablen Leinwand geschah. Landschaften mit brennenden Dörfern wechselten ab mit demonstrierenden Eingeborenen, prügelnde Soldaten mit weinenden Frauen, die tote Kinder im Schoß hielten. Es gab Bilder von Leichen, und es gab welche von Offizieren, die Befehle erteilten, auch eine Felswand, vor der aufgereiht ein Dutzend Männer stand, die erschossen wurden. Verwesende Körper, an denen Hunde nagten, oder ein Raubvogel, der am Schädel eines Toten pickte – diese grausige Realität war es gewesen, die Herr Singgi in mühsamer und gefährlicher Arbeit auf seinem Film festgehalten hatte, um sie in eine Welt zu bringen, in der entweder Ähnliches geschah, oder in der die Leute sich beim Anblick solcher Bilder gelangweilt abwenden und weiter in den Katalogen der Ferienorte auf Bali blättern würden.

»Nicht alle«, widersprach Mrs. Porteiras meiner pessimistischen Voraussage. Das Licht ging an, und wir waren alle reichlich geschockt von dem, was wir gesehen hatten. »Sie haben eine hohe Meinung von den Leuten in den wohlhabenden Ländern«, bewunderte ich Mrs. Porteiras. Sie antwortete mir: »Der Gerechte darf keine Ruhe geben, wenn er des Unrechts ansichtig wird«. Dabei lächelte sie. Und fügte dann hinzu: »Das hat ein sehr alter chinesischer Philosoph der Menschheit geraten, lange bevor es uns gab. Ich werde dafür sorgen, daß dieses Material nicht verschwiegen wird.«

Eine ungebärdige Frau. Unbequem. Sie sah nicht so aus, als würde sie sich in das, was andere unvermeidlich nannten, so einfach fügen.

Das Ende unserer Zusammenarbeit war gekommen. Sie übergab mir einen Scheck, der viel höher ausfiel, als ich es erwartet hatte. Bian Hui konnte ich reichlich bezahlen. Wir nahmen an Deck Abschied, und sie winkte mir noch, als ich am Pier in meinen Toyota stieg. Eine nicht sehr große Frau in dem Alter, in dem die äußere Schönheit an Bedeutung verliert, wenn sie durch ein Herz ersetzt wird, wie Mrs. Porteiras es hatte. Bobby Hsiang hatte, wie ich sogleich merkte, als ich ins Hauptquartier kam, eine perfekte Show vorbereitet. Er saß in seinem Büro, ihm gegenüber der Goldfischer, der die Augen aufriß, als Bobby ihm den von Bian Hui hergestellten normalen Paß Subutus zeigte und dazu anmerkte: »Er kann gegen Ihre Aussage gar nichts machen. Er ist Bürger eines fremden Landes, und er hat mehrere Leute zu Verbrechen im Sinne unserer Gesetze angestiftet, darunter auch Sie. Dafür wird er von uns vor Gericht gestellt. Keine diplomatische Immunität schützt ihn mehr. Sie brauchen ihn nur zu identifizieren und auszusagen, man wird das im Zusammenhang mit Ihrem eigenen Anteil an der Sache berücksichtigen. Wenn ich recht informiert bin, haben Sie persönlich niemand getötet, oder?«

Er schüttelte den Kopf. Schielte zu mir hin, und ich bemerkte prompt: »Wenn Sie aussagen, vergesse ich die Anzeige wegen des Sprengstoffs!«

Ein Polizist führte Nguyen Ho Dung herein. Der sonst recht selbstsichere Kneipenwirt war ziemlich still, als Bobby ihm vorhielt, er sei als Mittelsmann zwischen einem ausländischen Verbrecher und der einheimischen Unterwelt zu betrachten. Seine Nase war noch durch ein Pflaster verdeckt. Ich machte ihn aufmerksam: »Im übrigen könnte es sein, daß der Herr, dem Sie Ihre lädierte Nase verdanken, sich wieder bei Ihnen einfindet. Er hat gesagt, Ihr Gesicht gefällt ihm gar nicht...«

Bobby donnerte mich an: »Sie schweigen gefälligst, Mister, Sie sind hier Zeuge und haben nur zu reden, wenn Sie gefragt werden!«

Eine herzerwärmende Show. Ich beeilte mich: »Natürlich, Sir, Euer Ehren, natürlich!«

Wir spielten das Spiel so gekonnt, daß Nguyen Ho Dung sich bereiterklärte, alles einzugestehen, was Bobby verlangte. Er wollte nur wissen: »Werde ich ausgewiesen?«

Das verneinte Bobby. Er deutete eine Geldstrafe an, obwohl ich sicher war, es würde zu gar keiner Anklage gegen diesen kleinen vietnamesischen Gauner kommen. Auch für einen Polizisten wie Bobby waren Leute mit Schulden bei ihm wertvoller als welche, bei denen er hatte pfänden lassen... Ich mußte draußen bleiben, als Bobby sich den Indonesier im Vernehmungsraum vornahm. Diesen Raum nannten wir stets den *Spiegelsaal*, weil es darin einen von der Rückseite her durchsichtigen Spiegel gab, durch den man beobachten konnte. Also setzte ich mich vor die Glasscheibe und sah von außen zu. Was gesprochen wurde, bekam ich über einen Lautsprecher mit.

»Mister Subutu, eine Streife hat Sie in der vergangenen Nacht im hilflosen Zustand in Happy Valley aufgelesen...«

Subutu, in seinem zerknitterten Tropenanzug noch recht forsch wirkend, fuhr ihn an: »Hören Sie, ich bin Diplomat, ich sage nichts, bevor nicht jemand von meiner Vertretung anwesend ist!«

Bobby tat verblüfft, obwohl er das erwartet hatte. Er schlug die Akte auf, die vor ihm lag, und zeigte Subutu den ganz normalen indonesischen Paß. Der Effekt war umwerfend. Subutu sprang auf und blickte in das Dokument, das Bobby bereitwillig aufblätterte. Als er es in die Akte zurückschob, setzte sich Subutu ernüchtert wieder auf seinen Stuhl. Sein Gesicht sagte alles: Er hatte begriffen, daß er verloren hatte.

»Verzeihen Sie, Mister, Sie müssen sich da irren«, sagte Bobby betont höflich. »Wir haben selbstverständlich Ihren Paß bereits Ihrem Konsulat vorgelegt. Aber wir können uns in Ihrer Gegenwart noch einmal vergewissern...« Er wählte die Nummer des Konsulats und fragte, ob dort ein Diplomat namens Elis Subutu bekannt sei, die Hongkonger Polizei habe einen Mann dieses Namens wegen verschiedener Verfehlungen zu vernehmen, er besitze einen normalen Reisepaß, behaupte aber, Diplomat zu sein. Die Antwort, die Bobby Subutu mithören ließ, war, nein, einen Diplomaten dieses Namens kenne man in der Vertretung nicht.

Ob man trotzdem auf die Anwesenheit eines Vertreters bei der Vernehmung bestehe?

Daran sei man nicht interessiert.

Das ungeschriebene Gesetz der Geheimdienste hatte Tuan Subutu eingeholt: Wenn etwas schiefgeht, weiß niemand von irgendwas. Bobby legte den Hörer auf. Subutus Blick war auf den lange nicht gewischten Fußboden gerichtet.

»Aber Mister Elis Subutu aus Djakarta sind Sie doch? Oder liegt eine Verwechslung vor?« fragte Bobby. Der Angesprochene knurrte ein Ja.

»Dann muß ich Ihnen vorhalten, daß Sie unbefugt im Besitz einer Schußwaffe waren.« Er zog die Pindad aus der Schublade und legte sie neben die Akte. Subutu sagte nichts.

»Weiterhin muß ich Sie damit vertraut machen, daß unsere Ballistiker nach Untersuchung Ihrer Waffe festgestellt haben, daß damit ein Mann namens Singgi erschossen wurde, der in der Ferry Street lag, sowie ein anderer Mann, der an einen Laternenmast in der Yee Street, unweit des Hotels King's festgemacht war. Haben Sie dazu Ausführungen zu machen?«

Er platzte förmlich vor Höflichkeit, und ich amüsierte mich. Subutu schüttelte nur stumm den Kopf. Er hoffte, man würde ihn so bald wie möglich auf diplomatischem Wege austauschen, vermutete ich. Nur daß die Engländer bei Kapitalverbrechen nicht so leicht zum Austauschen neigen. »Ich halte fest, Mister Subutu«, sagte Bobby, »daß der Zeuge Goldfischer aussagt, er sei von Ihnen für einen Sprengstoffanschlag angemietet und ausgestattet worden...«

»Der Mann lügt!«

Bobby betätigte ungerührt einen Klingelknopf. Ein Polizist schob den Goldfischer ins Zimmer. Bobby fragte ihn: »Ist dieser Herr die Person, in deren Auftrag Sie ein Auto in der Nähe des Ocean Terminals mit Semtex präparierten, das Sie von ihm bekamen. Ist er ferner die Person, in deren Auftrag Sie später ins Queen Elizabeth Hospital eindrangen, um das Leben einer Patientin zu gefährden?«

Der Goldfischer wollte so schnell wie möglich wieder aus dem Zimmer heraus. Er deutete aufgeregt mit dem Zeigefinger auf Subutu: »Das... ist der Mann! Ich erkenne ihn wieder!«

»Danke«, sagte Bobby lakonisch und ließ den Goldfischer wieder abführen. Er blätterte in der Akte. Als er den Kopf hob, sagte er: »Eine weitere Gegenüberstellung, Mister Subutu. Mit einem Mann, der aussagt, in seinem Etablissement hätten Absprachen zwischen Ihnen und bekannten Vertretern der Hongkonger Unterwelt stattgefunden. Er selbst sei daran beteiligt gewesen...«

Er drückte wieder den Klingelknopf. Nguyen Ho Dung erschien, von einem Polizisten geschoben, im Zimmer.

»Ist das der fragliche Mann?« erkundigte sich Bobby.

Der Vietnamese nickte: »Ja, Sir, das ist er.«

Auch er wurde herausgeführt. Bobby wandte sich an Subutu: »Selbstverständlich wird das alles noch protokolliert werden. Wir fahren fort. Kennen Sie in der Harcourt Road eine Vereinigung zum Schutz verfolgter Minderheiten?«

»Nie gehört!« Es kam leise, nicht sehr sicher.

Bobby ließ mich in das Vernehmungszimmer holen. Als Subutu mich sah, hatte es den Anschein, er werde jeden Augenblick aufspringen und mir an die Kehle gehen. Bobby sagte im Tonfall eines christlichen Priesters, der eine Ehe segnet: »Mister Lim Tok, Sie haben ausgesagt, Sie hätten, als Sie in die Geschäftsräume der Vereinigung zum Schutz verfolgter Minderheiten kamen, einen Toten gesehen, und Sie selbst wären von jemandem mit einer Schußwaffe bedroht und später bewußtlos geschlagen worden, ist da dieser Herr anwesend gewesen?«

Ich hatte nicht mehr viel zu tun, ich grinste Tuan Subutu an, der die Zähne fletschte wie ein Pavian, und sagte fröhlich: »Sehr richtig, Sir, das war dieser Herr, der hinter mir stand, plötzlich. Und – was ich als besonders heimtückisch empfand – er flößte mir, bevor er mich auf den Kopf schlug, noch ein Getränk ein, das ich aus tiefer Gläubigkeit heraus gar nicht trinken darf! Er zwang mich dazu. Ich betrachte das, abgesehen von dem Schlag auf den Kopf, als einen ernsten Verstoß gegen die Würde des Menschen, die mir als britischem Untertan garantiert ist...«

»Gut, gut«, Bobby mußte sich ein Grinsen verkneifen. Er winkte mich hinaus. Als ich wieder vor der Zauberscheibe ankam, sprach mein alter Freund gerade tröstliche Worte zu Tuan Subutu: »Sie können natürlich mit der traditionellen Fairneß der Gerichte Ihrer Majestät rechnen, Mister Subutu. Was ich Ihnen noch sagen muß – zu einem späteren Zeitpunkt, wenn eine bestimmte Zeugin aus der Kodak-Filiale in der Wong Chuk Street in Sham Shui Po wieder vernehmungsfähig ist, werden Sie noch ihr gegenübergestellt werden. Sie soll darüber aussagen, ob Sie es waren, der in diese Filiale eindrang, gewaltsam, im Zusammenhang mit dem Mord an einer indischen Mitarbeiterin namens Muljaneh. Wenn das alles erledigt ist, werden wir, obwohl ich das bedaure, Anklage erheben müssen...«

Als ich zu meinem abgestellten Toyota kam, etwas müde zwar, aber mit dem Gefühl in mir, das sich nach einem Erfolgserlebnis immer einstellt, nämlich, daß es nichts gibt, was nicht zu schaffen wäre, stand da ein junger Bursche in einer hellgrauen Pagenuniform, seine Mütze, die er verlegen in der Hand drehte, trug in Goldstickerei den Namen des Hotels Excelsior.

Ich ahnte nichts Gutes. Der Page sah mir mit besorgter Miene entgegen. Im Excelsior arbeitete meine Freundin Pipi. Da mußte etwas faul sein wie ein falsch eingelegtes Ei.

»Es ist...« begann der Page zu murmeln, als ich vor ihm stand. Brach ab, guckte verlegen zur Seite, und erst, als ich ihn ermunterte, setzte er fort: »Wegen Ihrer Abwesenheit, Sir. Miß Pipi trug mir auf, Ihnen auszurichten, sie habe jetzt... mehrere Nächte allein auf Ihrer Dschunke zugebracht. Und... verzeihen Sie bitte, Sir... sie erwartet Sie gottverdammt heute abend zum letzten Mal dort. Geduscht und frisch rasiert sollen Sie sein. Es ist... die letzte Chance. Sagt Miß Pipi. Und, Sir, sie hat noch gesagt, Sie sollen sich eine gute Ausrede für all die Nächte einfallen lassen, die sie ohne Sie...«

Ich verfuhr nicht nach der alten Sitte chinesischer Kaiser, die den Überbringer einer schlechten Nachricht köpfen ließen. Ich gab dem Jungen einen Fünfzig-Dollar-Schein, was bei mir ein Ausdruck äußerster Freude ist. Er hielt ihn wiederholt gegen die Sonne, bevor er ihn endlich einsteckte. Er verschwand, bevor ich ihm noch überschwenglicher danken konnte.

Dabei hatte er mich in große Verlegenheit gebracht, denn wie ich Pipi kannte, würde sie mir Arbeit als Ausrede nicht so einfach abnehmen.

Doch dann kam mir, als ich schon auf Aberdeen zurollte, die rettende Idee. Ich tippte Bobby Hsiangs Nummer in das Funktelefon. Er war wieder in seinem Büro. Die Vernehmung war beendet, der Indonesier schmorte in der U-Zelle. »Kommst du abends auf meine Dschunke und rettest mich vor Pipis Zorn?«

Er sagte zu, nachdem ich ihm aufgezählt hatte, was da noch alles im Kühlschrank lag. Allerdings hatte er eine Bedingung: »Ich will von dir ganz privat wissen, weshalb dieser angebliche Diplomat die Toten hinterlassen hat. Den Grund. Erinnerst du dich? Du hast mir das bisher verschwiegen!«

»Und wenn ich mit Rücksicht auf meine Klienten...«

»Du kannst dich weigern. Für den Fall wird deine Freundin auch die nächste Nacht wieder allein verbringen. Weil ich dich dann hier brummen lassen werde, bis ich den Rest weiß. Überleg's dir!«

Und ich hatte immer geglaubt, ich wüßte schon, wie das wäre, wenn jemand sich zwischen Pflicht und Liebe zu entscheiden hat. Zwischen Loyalität gegenüber seinen Klienten und Erpressung durch einen Polizisten, der sich noch dazu Freund nennt...

DIE Reihe – DER Krimi

107 *Toelcke, Werner* Töten ist so leicht
142 *Eik, Jan* Wer nicht stirbt zur rechten Zeit
153 *Thürk, Harry* Die toten Masseusen von Kowloon
157 *-ky* Mit dem Tod auf du und du
158 *Schreyer, Wolfgang* Nebel
159 *Wohlgemuth, Joachim* Blutiger Kies
160 *Pfeiffer, Hans* Am Rande des Abgrunds
161 *Thürk, Harry* Tod auf Tahiti
162 *Neuhaus, Barbara* Wohl dem, der keine Erben hat
163 *Mechtel, Hartmut* Der Todesstrudel
164 *Beckmann, Mani* Die Kette
165 *Krause, Hans-Ullrich* Mißbraucht
166 *Mårtenson, Jan* Ein bildschöner Mord
167 *Prokop, Gert* So blond, so schön, so tot
168 *Wittgen, Tom* Tod im Regen
169 *Wittgen, Tom* Pilotenspiel
170 *Adam, Max* Stirb du für mich
171 *Bauer, Heribert* Hänschen klein
172 *Levy, Nathalie* Falscher Abgang
173 *Mechtel, Hartmut* Der blanke Wahn
174 *Schneider, Hans* Hexenjagd
175 *Thürk, Harry* Die tätowierte Unschuld
176 *Hablützel, Erna* Die toten Vögel
177 *Möckel, Klaus* Gespensterschach
178 *Meyer, Karen* Schmetterlingstod
179 *Krause, Hans-Ullrich* Der Tausch
180 *Seuren, Günter* Hundekehle
181 *Adam, Max* Mörder und Gendarm
182 Deutschland einig Mörderland *(Anthologie)*
183 *Kertész, Akos* Haß hat seinen Preis
185 *Kleine, Dorothea* Im Namen der Unschuld
186 *Klingler, Eva* Tödlicher Stammbaum
187 *Rudolph, Manfred* Old Smithy – Protokoll des Grauens
188 *Flieger, Jan* Satans tötende Faust

Verlag Das Neue Berlin, R.-Luxemburg-Str. 16, 10178 Berlin